# 大金を手にした捨てられ薬師が呪われたSランク冒険者に溺愛されるまで

未知香

23880

角川ビーンズ文庫

# CONTENTS

ミカゲ
冒険者。
怪我をして路地に
座り込んでいた
ところリリーと
出会い、護衛として
雇われる。
リリー
元・王城
勤めの薬師。
職を失い途方に
暮れていたところ、
宝くじに当選して
大金を得た。

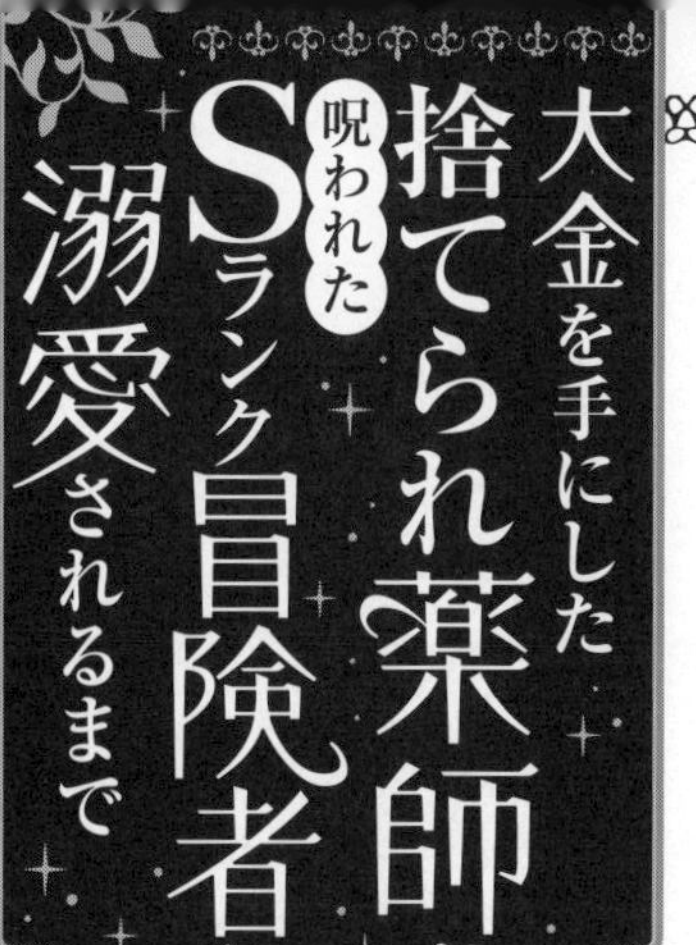


# CHARACTERS

## アンジェ

リリーの妹。
スラート伯爵に
見初められ、
リリー以外の
家族を連れて
嫁いだらしい。

## スラート伯爵

アンジェを
囲っている
人物。

## ファルシア

ミカゲの
友達で、
酒場の店主。
情報通の
人物。

## ミチル

冒険者ギルド
所属。
リリーとミカゲの
契約書作成を
担当した。

本文イラスト／たかはしツツジ

# プロローグ

「リリー・スフィア様おめでとうございます！　こちらが当選金の百大金貨となります」

やたらと豪華な部屋で、やたらときっちりと着込んだ偉そうな人の前で、小汚いワンピースを着た場違いな私は、小さくはいと言うのがやっとだった。

今まで見た事がない、目に眩しいキラキラした金貨は重量感がある。一枚あれば私が何年も暮らせる大金貨は、それ自体庶民で見た事がある人は殆どいないだろう。

それが多分百枚分、並んでいる。積み上げられたそれは圧倒的な存在感だ。

戸惑う私に、偉そうな人はにこりと笑い、一つのカードを見せた。

「これは冒険者ギルドのカードです。大きなお金の管理については冒険者ギルドが一番信用できると思うので、よろしければここに入金させてもらいます。入金手数料は銀貨一枚ですが、どうされますか？」

このキラキラの金貨を目の前にして、銀貨一枚の手数料が高いのか安いのか全く判断がつかない。銀貨一枚あれば私は一週間暮らせる。

しかし、これを渡されてもとても持ち運べそうもない。

感情の見えない笑顔を前に、私はこう言うしかなかった。

「よろしくお願いします……」

言われるままに手続きを終えた私は、大金の入ったらしい薄いカードを貰い建物から出た。そしてそのまま馬車に飛び乗った。

震える手で持っているギルドカードを見る。ただの薄い金属板に見えるカードは、大金貨よりも更に現実感がなかった。

しかし全く想像はつかないけれど、ここには大金貨が百枚入っているのだ。一生暮らしても余るほどの大金が。

じんわりと嬉しさがこみあげる。

これがあれば、きっと家族の皆が喜んでくれる。もしかしたら、また家族で住もうと歓迎してくれるかもしれない。

その想像をすると、期待で胸が高鳴った。

記憶の中で家族がこれまで私に笑顔を見せてくれたのは、学園に入学が決まった時だけだった。

城下町にある学園は国によって開かれていて、成績が優秀だと仕事と同じようにお金が貰える。

産まれた時から身体が小さく、勉強以外出来る事がなかった私は、家族に勧められ学園に入学した。

家事以外の殆どの時間を勉強に費やしていた私は、無事に成績優秀者として入学をする事が出来た。

入学許可証と成績優秀者の手紙を受け取った母は、嬉しそうに手紙を撫でていた。

「学園にきちんと入学が出来たのね。良かったわ。あなたは勉強しか取り柄がないのだから、学園に入れなければ役に立たずに終わるところだったのよ。本当に良かったわ」

あの時、本当に優しげな顔で母は私に笑いかけてくれた。驚く事に小さな焼き菓子まで渡してくれたのだ。

「これを食べてきちんと頑張るのよ。給与については、次の日には送金しなさい。自分の為に使ってはいけないわ」

「なるべく多く送れるように頑張ります」

「そうよ。私たちもアンジェもとても期待しているわ」

妹であるアンジェも、いつも他の人に見せている天使のようなほほえみを私に向けた。

「家族である私たちの為に頑張ってね、リリー」

私は頑張りが認められ、期待されていると誇らしく嬉しかった。

学園まで通うと交通費がかかり迷惑をかけてしまうので、学園の近くにある寮に入った。家族と離れたのは寂しいながらも、勉強をしながらお金を貯め、実家に送金する日々は充実感があった。

家族に必要とされている、と思える事が嬉しかった。

生活はとても貧しかったけれど、家族である私たち、という言葉を思い出すと自然と笑みが浮かんだ。

送金すると、何回かに一回は家族から受け取った旨や楽しそうに買ったものを知らせる手紙が届いた。

手紙は今持っている小さな荷物の中に大事に入れている。挫けそうなときに何度も読んだ手紙はすっかり擦り切れてしまったけれど。

大切に可愛い箱に詰めた手紙は、ただそれだけで私の気持ちを温かくした。

学園を卒業し薬師として王城で働くようになってからも、送金と手紙のやりとりは続いた。

しかし、そのやりとりも過去の事だ。妹の結婚資金としてまとまった額が必要になり送金して以来、家族からの連絡は来ていなかった。アンジェの結婚で忙しいのだと自分を納得させていたが、寂しかった。

更に平穏に思えた王城での仕事は、ある日突然何故か閑職に追いやられ、最後はあらぬ罪を着せられて追い出されてしまった。

私は、唯一持っていた家族に喜んでもらえる仕事すら失ってしまったのだ。

寮からも追い出され、解雇通知を手にしながら、涙が止まらなかった。

今の自分が歓迎されないと知りつつも、家族に会いたくてたまらなかった。

だけど、家族に送金するすべすら失ってしまった私は、会いに行く勇気が持てなかった。

街は一年に一度の大きな夏祭りで盛り上がっていたが、私はどうしようもなく、その喧騒を遠くに感じていた。

そこで売っていた、大金が入るという宝くじ。大金は、私にとってまさに夢だった。

途方に暮れていた私は、すがるようにその夢を買ったのだ。

何もない私だけど、何か夢を見たくて。

そして今、私は大金を手に入れる事ができた。

これなら、と思う。

今、私はあの時よりも、ずっと大きいお金を手にしている。

きっと、歓迎してくれる。家族に会える。また一緒に住めるかもしれない。

私はぎゅっとカードを握りしめた。


久しぶりに見た実家は、家を出た時と変わった様子はなかった。懐かしい気持ちがこみあげてくる。

　もう一度ギルドカードに手をやる。確かにある。

　どきどきとはやる気持ちを、息を吐いて抑え扉を叩く。

「父さん！　母さん！　リリーです。いい報告があるんです。扉を開けてください」

　声をかけるが、反応がない。まだお昼前で、この時間に誰も居ない事は滅多になかった。

　まさか、連絡がつかなかったのは家族に何かがあったからだったのだろうか。

　不安になって、何度も強く扉を叩く。

「どうしたの？　手紙も来なかったし何かあったの!?」

　私の大きな声に、通りがかった近所のおじいちゃんがこちらを振り向いた。懐かしい顔に、少し動揺が落ち着く。

「君は……リリーちゃん？」

「あっ。はいそうです。お久しぶりです。……大きな声を出して、すみません。この時間に返事がないので。心配になってしまって。最近連絡も来なかったので、何かあったのかも、と」

　おじいちゃんは、私の事を驚いたように見た後、悲しそうに息を吐いた。

「そうか、知らなかったんだね。……落ち着いて聞きなさい。君の家族は、引っ越したよ」

「えっ。アンジェが結婚するとは聞きましたが、父さんと、母さんも……？」

「そう、アンジェちゃんは貴族の所に行ったんだよ。……家族と一緒にね」

私を気遣ってか言葉を選びながら話すおじいちゃんの言葉が、わかるのに理解できない。

「……家族と、一緒に？　だって、だって私にはそんな事一言だって……そんな……」

息が苦しくなり、心臓がぎゅっとなる。

私も、家族なのに。

途絶えた連絡はそういう事だったんだ。私が送ったお金は引っ越し費用だったのかな。

私は家族に捨てられた。今度こそ、本当にひとりぼっちになってしまったんだ。

……私にはお金を送っていても家族として扱ってもらえる価値もなかったんだ。

その事に気が付いた私は、流れる涙を止める事ができなかった。


気の毒そうに何度も大丈夫かと問うおじいちゃんに無理やり笑顔を見せ、私は王都に戻ってきた。

家族のいないあの街にこれ以上居る事は、とてもできそうもなかった。

戻ってきた私は、そのままとぼとぼと冒険者ギルドに向かった。ギルドできちんと入金の確認をしてくれと言われていたのを思いだしたからだ。

何もしないでいると、悲しみに呑み込まれてしまいそうだった私は、今日確認を行うことにした。

持った事のない大金は現実感がなく、それでも鞄に入れたそれを何度も確認してしまう。

当選金の説明をしてくれた偉い人からは、真剣な顔で、なるべく遅い時間に行って、部屋に通してもらい確認するようにと注意を受けていた。

しかし、なるべく遅い時間と言われても、私には今日はこれ以上特にやる事もなかった。

すぐに実家に向かい戻ってきた為に、まだお昼を少し過ぎたぐらいだ。

その為、一度ギルドに向かって、場所を確認してから考える事にした。

そうだ。仕事をギルドで紹介していたりするだろうか。

本当なら、無職の私は、大金が入った事を喜ぶべきなのだろう。

城下町は人が多く栄えていて、きらびやかだ。いつも街の皆が楽しそうに過ごしているのを見ながら、体も小さくみすぼらしい見た目の自分がみじめに思えていた。

大金を持っている今も、そのみじめさは変わらなかった。

お金があるだけの何もない私は、また途方に暮れた。

お金もある。時間もある。でも、私は何をしたらいいの?

# 第一章　冒険者を拾う

冒険者ギルドは大きい街にはたいてい配置されている、歴史のある組織だ。

そして、冒険者から得られる魔物の素材やダンジョン内で使用する魔導具等の代金として、通常時から大きなお金を動かしている為、冒険者ギルドのカードは信用度が高い。

私が宝くじを買ったのは、国の主催の催し物だったのもあり、冒険者ギルドでの振り込みになったのだろう。薄いカードに金額のデータが入っているが、個人登録さえしてしまえば他の人が使用する事はできない。登録料がかかるらしいので、庶民では特に縁がないカードだ。

ギルドに向かう細い路地を歩いていると、道の端に汚れた服を着た男の人が座り込んでいた。城下町では、その品格を保つ為に物乞い等は禁止されている。あまり見ないぼろぼろな彼の姿は目立っていた。

その男の人は、長めの銀色の髪の毛は薄汚れていて、膝を抱えるように丸くなっていた。表情は見えないが、何かに耐えているように見えた。怪我をしているんだろうか。

細い路地とはいえ、人通りは決して少なくない。

しかし、通り過ぎる人は関わり合いになりたくないようで、そちらを見ないようにしながら足早にその場を離れていく。

誰の目にも留まらないその姿が自分のようで、私はそっと彼に近づいた。

しゃがんで同じ目線になり、声をかける。

「あの、大丈夫ですか？　どこか具合が悪いのでしょうか」

私が話しかけると、彼はぽかんとした顔をした。

「……まさか、俺に話しかけてるのか？」

「ええと、そうですけど……。え？　もしかして、幽霊とかでしたか……？」

あまりにも驚いているので、私は彼が見えてはいけない何かなのかと思ってしまった。

髪の毛で顔も良く見えないし……。

私が怪しんでいると、彼は私の言葉におかしそうに笑った。あまりにも楽しそうな笑い声に、今度は私がぽかんとしてしまう。

「確かにこんな身なりだけど、幽霊じゃないぞ。ちゃんと人間だ。俺はミカゲ。可愛いお嬢さんがこんな所に居る怪しい男に話しかけるなんて思わなかったから、びっくりしたんだ」

「私はリリーと言います。やっぱり幽霊じゃなかったですよね……」

可愛いと言われて、お世辞だとわかっているのに恥ずかしくなってしまう。背も小さい

し髪の毛も瞳もくすんだ黄土色で、地味な顔をしているのは自分が一番わかっている。

お世辞に決まっているのに赤くなる顔を見られたくなくて、視線を合わせないように目線を下げた。すると、ミカゲは腕の部分の服が大きく裂け、怪我をしているのが見えた。

「あ！　あの、お怪我をしているみたいですが……」

「ああ、これか。大した傷じゃない。ただ疲れてて、いったん休憩してからギルドに行こうかと思っていたんだ」

ミカゲはそう言って気軽な仕草で腕を撫でるが、とても痛そうだ。

私は急いで持っていたバッグを漁った。バッグに手を入れてぐるぐると探ると、しばらくして目的のものが手に当たった。なかなか目的のものが見つからないのがこのバッグの弱い所だと思いながら、そっとそれを取り出す。

「それ、ポーションか？」

「はい。私が作ったものなので、どうかお気になさらずに」

そう言って、答えを待たずにガラスの瓶に入ったポーションをあけて、ミカゲの腕にかけた。ポーションは安いものでもないので、断られるかもしれないから。

ポーションは正しく作用して、ミカゲの腕から傷は消えた。

「ええと、ありがとう。ポーションを調合できるとかすごいな。それに、よく効いた。……放置しててもいいかと思ったけどやっぱり痛いし、助かった。お礼をさせてくれ」

礼儀正しく頭を下げられ、こちらが慌ててしまう。

「いえいえ。私が勝手にやった事なので。これでお金を取ったら押し売り詐欺ですよ」

「それでもポーションは高いじゃないか」

そう言って眉を下げる彼に、私は先程の件を思い出した。

「あの、私今とってもお金持ちなんです。だから本当に大丈夫なんです。冒険者ギルドに向かう途中だったんですが、それも残高を確認しに行くという用件でして！」

私は彼に負い目を感じさせないように意気込んで話したが、ミカゲは半眼で呆れたような顔をした。

「お前、そんな事言ったら狙われるぞ」

端的な言葉に、私はびっくりして身構えた。

「こんな所でそんな話をしたら、か弱そうな女一人、襲ってくれと言っているようなものだ」

「あ……。でも、冒険者ギルドは多分もうすぐそこですし大丈夫です」

私は慌てて周りを見たが、怪しそうな人が居るとは思えなかった。そんな私の様子を見て、ミカゲはため息をついた。

「なにも大金に目がくらむのは貧しそうな奴だけじゃない。ここら辺は冒険者ギルドが近いし、身なりは綺麗でもならず者はいる。しっかりしてくれまじで」

「ううう。すみません……」

「よく見ろ。俺だって怪しいだろ」

そう言われて、私はミカゲをじっと見た。銀色の髪と日焼けしている肌は血と泥で汚れているが、よく見るととても整った顔をしていた。髪の毛よりも深いグレーの瞳もとても綺麗だ。

そして、私を諭すように話すミカゲの目には私への心配が浮かんでいて、今まで向けられた事のない優しさに私は何故か泣きそうになる。

「……ミカゲさんは、怪しくないです。でも、不用心で心配させてごめんなさい」

私がそう言うと、ミカゲは驚いた顔をした後乱暴に頭をかいた。そして、諦めたようにため息をついた。

「どうにかギルドに行かないで済ませたいと思ってたけど、これも何かの縁だな。俺がギルドまで連れて行ってやるよ」

そう言ってゆっくりと立ち上がった彼は、思っていたよりもずっと背が高く、細いけれど筋肉のついていそうな立派な身体つきだった。弱っているのかと思ったけれど、全くふらついた様子もなく力強かった。

そして、ミカゲは私に手を差し出してきた。私がその手をおずおずと握ると、私の手をぎゅっと握って、ミカゲは綺麗な顔で笑った。

「これでも冒険者なんだ。安全は保障する」

そう言ってミカゲはさっと隣に来て、こっちだと手をひいてくれた。

「ええと、よろしくお願いします……！」

流石に手をつないだままは歩かなかったが、ミカゲは人とぶつからないようにそっと先導してくれる。さり気ない動きが、周りへの目配りをする能力の高さを感じる。

更に、しばらくすると、とても歩きやすい事に気が付いた。ミカゲと私はかなり身長差があるので、ミカゲが私の歩調に合わせてくれているようだ。

その事に気が付いた私が、驚いてミカゲの顔を見ると、彼は首を傾げた。

「どうした？　何か気になる事でもあったか？」

その声が柔らかくて、私は慌てて首を振った。しかし、ミカゲのあまりに優しそうな雰囲気に、私は願望を口にした。

「……そこの広場に屋台があるので、良ければ一緒に食べませんか？」

中心部の広場には屋台がたくさん並んでいて、賑わっている。そこでは人々がベンチに座って食事をしたり、お酒を飲んだり、お茶を飲んだりして話し込んでいる。

もちろん屋台は持ち帰りもあり、私も何度か食べた事はあったが、誰かとここに来た事はなかった。

学生の時はお金もなく、働き出してからは一緒に行ける相手は居なかった。……家族とは、そもそも食卓を共にした記憶もなかった。私は給仕係だったから。

ここで誰かと食べる事は、私の中での憧れだった。

「食べたいのはやまやまだが、この服で行ったら怒られそうだな」

私の誘いに、ミカゲは申し訳なさそうに自分の服を見た。確かに飲食店に向いた姿ではない。私は自分の提案の考えなしさに恥ずかしくなった。

「ごめんなさい。そんな事考えてなくて。さっきのは気にしなくて大丈夫です」

私が俯くと、ミカゲが楽しげに私の肩を叩いた。

「いやいや。俺の今の格好を気にしないとか、なかなか大胆だよな。それだけお腹がすいていたのか？」

「ううう。お腹がすごくすいていた訳じゃないので、気にしないでください……！」

「そうなのか？　でもそうだな、何か食べたいよな。あ、あれ買うか。あれぐらいならそんな迷惑にはならないだろ」

そう言って、さっとミカゲは屋台の端の方で手売りしている焼き菓子を買いに行った。

店員さんはミカゲのぼろぼろさに驚いた顔をしていたが、快く焼き菓子を売ってくれたようだ。声は聞こえないが、店員さんとミカゲは楽しげに何か話をして、更に焼き菓子を追加で貰っている。あまりの対人能力の高さに慄いてしまう。

私とも気軽に話してくれるくらいだから、当然かもしれないが。

「買えたぞリリー。そこで食べよう、な」

戻ってきたミカゲは、笑顔で買った袋を見せてくれる。

「あ！　お金払います。おいくらでしたか？」

「いいよいいよこれぐらい。しかも、すごいおまけしてくれたから」

「ううう。私、本当にお金持ちなんですよ……」

「実は俺もお金持ちだぞ」

私が払えると主張すると、ミカゲも同じように主張してきた。私は不満を訴える。

「ミカゲさんは残念ながらとてもお金持ちそうに見えないです」

「そう言うリリーも見えないぞ」

「いえ、私は今さっきお金持ちになったばっかりなので」

「なんだそれは。子どもの嘘みたいだな。……やめよう。この格好で言い争っても周りに馬鹿だと思われそうだ」

そう言って情けなさそうな顔をしたミカゲに笑ってしまう。確かに貧しそうな二人がお金持ちだと主張しているのは、傍から見たら馬鹿馬鹿しいだろう。

「次来る時は、お互いぎらぎらの宝石を着けて対決しよう」

「お金持ち対決ですね」

そう言ってお互い笑いあう。ひとしきり笑った後、空いているベンチに座った。

「わぁ、美味しそう！」

ミカゲが買ってきてくれた焼き菓子は、ドライフルーツらしきものが練り込まれたスコーンに、ナッツの入ったクッキーだった。

「こっちのクッキーはおまけしてもらったやつ。リリーはどっちが好き？」

聞かれても、どちらも美味しそうに見える。それに、私は節約するばかりで甘いものは好みがわかるほど食べた事がなかった。

私が視線を泳がしていると、ミカゲはスコーンを半分に割った。

「半分ずつにしよう。食べてみて苦手なら俺が食べるから」

「ありがとうございます」

初めてする半分こに、どきどきしながら受け取る。一口食べると、それはとても甘くて美味しかった。フルーツの酸味も、さわやかだ。久しぶりの甘いものに、つい夢中で食べてしまう。

頭の上で笑う声がして、見上げるとミカゲと目が合った。

「美味しそうに食うな。こっちも開けるから食べような」

ミカゲは私の事を馬鹿にしたりもせずに、新しくクッキーの袋を開けてくれた。並んで食べたお菓子は、今まで食べたものの何よりも美味しく感じた。

こういうしあわせを皆経験しているんだ。

私は公園に居る人たちの事を、今までよりも遠く感じた。


「じゃあそろそろ行こうか」

「美味しかったです。ごちそうさまでした」

二人で食べた焼き菓子はあっという間になくなって、私たちはまた並んでギルドに向かう。

ミカゲは話し上手で、私でも会話が弾んでいる気がした。そして、ミカゲが隣にいると、安心感があった。傍から見たら、ただの貧しい二人にしか見えなかっただろうけど。

楽しい道のりはあっという間で、すぐに冒険者ギルドに着いてしまう。

初めて来た冒険者ギルドはとても立派な建物で、まだ人もかなり出入りしているようだ。

冒険者らしき大きな剣を持った人や、動きやすいように露出の多い服を着ている人などが何人もいる。

簡素なワンピース姿の私は、いかにも弱そうで場違い感がすごい。しかし、よく見るとただお金を動かしに来ている人もいるようで、私と同じように戦えそうもない人も何人かいてほっとする。もちろんそういう人たちは、私なんかよりもずっと上等な服を着ているけれど。

きょろきょろとしている私の背中に、ミカゲはそっと手をあてた。

「じゃあ、気をつけろよ。額によってはギルドで護衛を付けてもらってくれ。心配だ」

「わかりました。焼き菓子まで頂いてしまって。本当にありがとうございました」

「いやいや、本当は全然釣り合ってないから。お礼を言うのはこっちだ」

そう笑ってミカゲの手は私の背中から離れた。途端に寂しくなってしまうが、ミカゲはさっき知り合ったばかりの人で、お礼として一緒に居てくれただけだ。

「また、何かあればよろしくお願いします」

本心からそう言って、私も頑張って笑顔を返した。

ギルド内に人はそこまで少なくはなかったけれど、せっかく中まで入ったので受付のお姉さんに個室を申し出た。すると、話は通っていたようで、特に怪しまれる事もなく個室に通され、無事に残高照会と登録を終える事ができた。

ここでは個人の登録の手数料として、銀貨五枚を支払った。冒険者はお金持ちなのだなと思ったけれど、私もこれでむやみに盗まれる心配をしなくていい事に安心した。私以外は、お金を引き出す以前に残高も見られない。移動が多い冒険者にとっては、安心料として安いのかもしれない。

大仕事を終えた気持ちになり、ほっとする。

私が個室から出てくると、受付の方で揉めているような声がした。低めで良く響く声は、先程聞いたばかりのものだ。

先程の優しげな雰囲気とは違う尖った声に驚く。気になって声のする方に近づいてみると、やはりミカゲだった。受付のお姉さんらしき人と、言い争っているようだ。

「もう働きたくないんだよ俺は！　働くとしても三食昼寝付きの護衛でも探すから。ギルドを通せばそれでいいだろ」

ミカゲは投げやりな口調で言った。

ギルド内にいる人たちは彼らを遠巻きにし、何やらひそひそと話している。

様子を窺うような雰囲気の中、彼らの声はとても良く通った。

「馬鹿じゃないの。そんな仕事なんてないわよ」

ギルドのお姉さんは怒った顔できっぱりと言い放った。

「……もう、こういう生活は嫌なんだよ」

「そんな風に言ったところで、あなたには働いてもらわないと困るわ。それに、ギルドで働かないとあなただって困るはずよ。きちんと仕事を受けないとどうなるかわかっているでしょう？」

「それは……わかっている」

そのギルドのお姉さんの口調が意外なほど厳しくて、悔しそうにするミカゲの姿がかつての私に被った。

『あなたは何もできないのだから勉強ぐらいしてもらわないと困るわ』

母の冷たい言葉が思い出され、私は反射的に彼らに声をかけていた。

「あの！」

私が大きな声を出して駆け寄ると、二人はぱっとこちらを見た。周囲の視線も感じる。

注目されて、私の勢いはあっという間にしぼんでしまった。

それでも。

「あの……私がミカゲさんを雇います。それじゃ、駄目ですか？」

私は泣きそうな気持ちになりながらも、手をぎゅっと握って必死に言葉を紡ぐ。

「三食昼寝付きの護衛を雇う？　あなたが？　まだすごく若いわよね？」

そんな私の事を、ギルドのお姉さんは胡散臭げに見る。

「私はリリー・スノィアと言います。二十三歳です。私、彼を雇いたいです。お金はもちろん、支払えます」

気圧されそうになりながらも、私は勇気をもってはっきりと告げた。

その言葉に、ギルドのお姉さんはびっくりした顔で私の事を見て、ミカゲは私の顔をまじまじと見た。そしてミカゲは何かを決意した顔で私に向き合った。

「三食昼寝付きなら何歳だって関係ない。その話を受ける。よろしく雇い主様。俺はミカゲ・トリアだ」

どうやら交渉成立のようだ。

勝手に先走りミカゲの気持ちを聞いていなかったけれど、すぐさま返事がもらえたのでほっとする。

そして、ミカゲは私に手を差し伸べて来た。私がミカゲの手を握ると、彼は私の手をがっちりと握った。

あまりの強さに驚いて手を引こうとしたが、握る手の力は強くて離れないどころか全く動きもしない。

「え？　え？」

私が必死に手を外そうと頑張っているのも意に介さず、ミカゲはギルドのお姉さんに向き合った。

「ミチル、俺はもう仕事を受けた。拘束時間も長いから他の仕事は受けられない。さあお嬢さん条件を話し合おう。ミチル、部屋を貸してくれ」

「逃げたわね。まあ、いいわ。部屋に案内する。契約には私が立ち会いましょう。もちろん決裂する事を願っているけど」

ミチルと呼ばれたお姉さんはため息をついて、私にも付いてくるように言った。

私は、彼がやりたくない仕事から逃げられた事を感じて、少し嬉しくなった。

ミチルが案内してくれた部屋は、当選金を受け取った部屋よりは劣るが、どう考えても下っ端を受け入れる部屋ではなかった。それともギルドでは交渉するときは豪華な部屋を使用する事になっているのだろうか。

座るように促された席はとてもふかふかのソファで、ずっと座っていると沈んでしまいそうな気さえした。

お茶と焼き菓子まで出されて、すっかり上客対応だ。

「まずは自己紹介をさせてください。私は冒険者ギルド所属のミチル・リヴァーです。ギルド所属の冒険者を雇う時は、正式な契約書がいるのは知っていますか？」

先程とは違い、お仕事モードになったらしいミチルの口調に面食らう。書類を持ち、説明するミチルはいかにもできる大人だった。年は私よりも少し上ぐらいに見えるが、長い髪にしっかりとした化粧をした彼女に気圧されそうになる。しっかりしなくては。

「冒険者ギルドには縁がなかった為、初めて聞きます」

「契約には、お互いの条件が合い合意が得られればこちらでは干渉しません。ただし、契約時には前払いでの支払いが必要です。一度前払いでこちらが預かり、契約が遂行されればギルドを通して支払われます。そして、ギルドへの手数料が金額に応じて必要となります。手数料には雇う冒険者のランクも影響してきます。問題ありませんか？」

「はい。大丈夫です」

「条件はお二人で話し合ってください。私は一時退出しますので、決まりましたらこちらのベルを鳴らしてください。……ミカゲ、本当によく考えて」

最後はミカゲを咎めるように言って、ミチルはベルを置いて部屋を出ていった。

「わー呼び出しベルですね！　地味に高いんですよねこれ。こんな無造作に置いて行っていいんでしょうか？」

私が初めて見る魔導具にどきどきしていると、ミカゲはふっと噴き出した。

「リリーは楽しそうだな」

私は無駄にはしゃいだ事が恥ずかしくなった。

「ええと、これ、初めて見たので……。私、魔導具、好きなんです」

王城で働いていた時は、一般に出回っているような魔導具に関しては仕様書を無料で閲覧できたので、良く眺めていた。自分で作ったりもしたかったけれど、魔導具を作るには高い材料がいくつも必要なので諦めていた。

「いやいや。これって便利だよな。俺も初めて見た時はテンション上がった」

そんな私の浮かれぶりを当然のように受け入れ、ミカゲは頷いてくれた。

呼び出しベルは、鳴らすと対になっているベルも鳴るという魔導具だ。単純な機構だが、素材が高く、値が張るのであまり普及していない。

「それで、条件を話してもいいか？」

ミカゲは、真剣な顔をして私に向き合った。先程のミチルもそうだったが、急なお仕事モードは緊張してしまう。私もこの間までは仕事をしていたのに。

「わかりました。私は初めて人を雇うので、基本的な事もわかりません。教えて頂けると助かります」

「うーん。俺もこういう風に個人に雇われるのは初めてだからなあ。というか俺は好条件の護衛が出来たら嬉しいけど、リリーは俺の事雇う余裕なんてあるのか？　薬師で店を持っているとか？」

ミカゲは私の事を心配してくれているようだ。私は素直に打ち明ける事にした。

「ミカゲさんはお祭りに参加する方ですか？　この間の夏祭りは王様が替わった記念で盛大でした」

「いや、仕事だったから参加できていないが、今年は特に盛り上がったらしいな」

ミカゲは急な話の転換に不思議そうな顔をしているが、構わずに続ける。

「じゃあ、その時に、国が宝くじを発行しました。それは知ってますか？」

「ああ。祭り自体は参加できなかったが、それは知っている。結構みんな買ってたよな。宝くじなんて初めて聞いたけど、国の発行なら安心だし夢があって面白いって」

「そうです。私はそれが当たったんです。当選金額は大金貨百枚でした」

「えええええ！　それは……すごいな……」

目を見張って驚いているミカゲに、安心して欲しくて笑いかける。

「そうなんです。だからお金の心配はしないでください」

「お前、なんかすごい落ち着いているな。大金が入ったら普通もっと浮き足立って、パーっと使ったりするんじゃないか？」

不思議そうにされて、自分に全くその気持ちがない事に気が付く。

お金があっても、愛されていない。

その気持ちが根底にあり、お金があっても全く浮かれる気持ちになれないのかもしれない。それどころか、お金が入った分余計惨めな気持ちになっただけだった。

お金を送っていた私の事を、家族は必要としてくれていなかった。今は大金を持っているが、それだけだ。

しかし、そんな事をミカゲに言っても困らせるだけなので、私はできるだけ悪そうな顔を作って笑った。

「だから、ミカゲさんを雇う事にしたんです！」

「あはは！　確かに究極の無駄遣いだな！」

私の言葉に、ミカゲは大きく笑った。私もつられて笑う。

「条件は何でもいいですよ。まだ家も仕事も決まっていないので、決まるまでは本当に何もないですが」

「家がない？　引っ越し途中なのか？」

「いえ。この事と関係なく無職になってしまいまして……。あ！　でも私の仕事が決まるまでの間もきちんと支払いはしますから安心してください」

私は慌ててミカゲが心配にならないように付け足した。すると、何故かミカゲはため息をついた。

「これだけお金があっても働くのかよ。じゃあ……三ヶ月間雇ってくれ。金額は金貨二十枚だ。ギルドへの支払いは別に金貨五枚になる。とりあえず家は別に借りよう。家賃の支払いはこの報酬の中からでいい。仕事を探しているなら、その都度送迎する。家の中では安心してくれ」

金貨百枚で大金貨一枚だ。ミカゲが提示した額は、普通ではありえないような金額だった。貧しい場所では、家族で一年間をその額以下で暮らす人たちがざらにいるだろう。

「三ヶ月過ぎたらどうなりますか？」

「その時は契約終了だ。ずっと俺の事を雇っていても仕方ないだろう」

「……そう、ですよね。わかりました。ミカゲさんは、この契約に問題はないですか？」

「問題ってなんだ？　いい条件じゃないか。庶民が払うには驚く値段だろう。断るかと思ったぐらいだ」

「お金はさっきも言った通り大丈夫です。そうじゃなくて、ギルドの方と、何か約束があったのに、私と契約してしまったんじゃないかと思いまして」

「ああ、あれな……」

私の疑問に、ミカゲは言葉を探すように視線を泳がせ、乱暴に頭をかいた。そして、ため息をつく。

「あれは、約束じゃない。ただ、俺はギルドで働かなきゃいけない理由がある。でも、三ヶ月くらいなら逃げられる。契約に関してはきちんとギルドも通しているし、問題ない。リリーとの契約があれば、俺はその間自由でいられる。……もちろん警備はするから安心してくれ」

最後の方は冗談っぽく笑ったミカゲの本心は、別の所にありそうだった。けれど、本当に迷惑ではなさそうなので、ほっとする。

条件は庶民である私にとって驚くものだ。ほほえんだミカゲに騙されているような気もしなくもない。それでも、彼が私を見る目は優しい。

金額が高くても騙されたとしても、もう関係ないと思ってしまった。

三ヶ月、独りじゃなくなるのだ。

私は、この契約が嬉しかった。

「よろしくな。リリー」

「よろしくお願いします。ミカゲさん」

私たちはにっこり笑いあって、握手をした。


「というわけで、条件は決まった」

呼び出しベルで現れたミチルは、ミカゲから条件を聞いて悔しそうに頷いた。

「三ヶ月ね。……うまく落としたわね。わかったわ。それなら契約に関してはギルドも、これ以上立ち入る事はできない。契約書を作りましょう」

契約書という言葉に、私は緊張したまま頷いた。

しかし私の不安をよそに、二人は契約に慣れているようだった。作成はするすると進み、あっという間に契約書は出来上がった。契約書に使われている紙は本人の魔力を読み取るもので、契約はかなり拘束力の強いものだった。これだけで金貨一枚はしそうだ。

最後にギルドのカードで支払いをして、終了だ。

「……ミカゲを三ヶ月雇って家賃も含んでの金貨二十枚とは破格だわ」

「そんなの仕事内容によるだろ」

ミチルが眉を寄せて呟くと、ミカゲは吐き捨てるように言った。あっち行けとばかりに手を振る。

「え！　この額じゃ足りませんでしたか？」

人を雇った事がなかったから知らなかったが、冒険者を雇うのは非常に高いのかもしれない。私が追加のお金を申し出るべきかあわあわしていると、ミチルが驚いた顔でこちらを見た。

「もしかして、知らないの？」

「やめろ、ミチル」

ミカゲは止めようとしているけれど、正当な報酬じゃないのは良くない。どちらかと言えば高いと思っていたぐらいだったのだ。

「冒険者を雇うのは初めてだったので、破格だとは思ってもみませんでした。申し訳ありませんが、正規の報酬額を教えていただけませんか？」

「リリー、これで正規だ。契約はお互いの条件が合致すれば問題ない。ギルドにだって手数料が入るのだから、損のはずがない。そうだろう？」

私はミチルに向かって聞いたけれど、ミカゲが強い口調でそれを止めた。ミチルは諦めたように、ため息をつく。

「そうね。私が言う事じゃないわ。後は二人で話し合ってちょうだい。ミカゲが戻ってくる三ヶ月後を待っているわ」

そして、事務的な笑顔で綺麗な挨拶をした。

「また何かあったら、すぐに聞いてくださいね。何事もなく契約が満了する事を祈っています」

「この後は、とりあえず荷物だ。近くに居ないと護衛もできないから、同じところに住むのが望ましいな。リリーは、家は決まっていないと言っていたが、今どこに泊まっているんだ？」

「昨日はそこの大通りを入ったところの『コマディア』という宿屋に泊まってました。荷物もまだそこに預かってもらっています。今日はまだ決めてませんが、何もなければそこにしようかなと。ごはんも美味しかったですし」

「……あそこ、冒険者だらけだよな。普通の女の子が一人で泊まる所じゃない気がするけど、なんでそんな所に」

「それはもちろん値段が非常に安かったからです！」

「……今日からは別の所に泊まるぞ。案内する」

苦い顔をしたミカゲを疑問に思いつつも、おすすめの場所があるようなので大人しくついていく。途中で宿にも寄り精算して荷物も回収した。荷物持ちは仕事に含まれるとミカゲが言い張り、持ってくれた。

そして案内された場所は、城下町の中心にほど近い、つまりはお金持ちばかりが暮らす地域の一軒家（いっけんや）だった。

二階建てで、なんと庭までついているその戸建てを前に、私は目を瞬（またた）かせた。

「ここって、部屋貸ししてるんですか？」

「なんだ部屋貸しって。どう見ても一軒家だろ」

「なんて言うんですかね。共同生活的な」

「いや、俺とリリーの二人だけど」

なんて事もないように言うミカゲに、私は慌てる。

「こんな高そうな家、借りられません！　不相応すぎます」

「俺が払うんだから、不相応も相応もないだろ。家賃に関しては契約の時にも言ったじゃないか」

「それは聞きましたが、まさかこんな高そうな家だとは……昨日までの宿を基準に考えていたので、ギャップに吐き気がします」

「どういう状態だよ。さっきの宿を考えたら何処も天国みたいなものだし。しかも今はリリーも金持ちだろ。この家ぐらいは現金で買って普通に一生暮らせるんじゃないか？」

「……それこそ、不相応です」

遊んで暮らす、という状態が私にはいまいちわからない。

「それよりも普通なら俺と二人、というところに引っかかるんじゃないか？」

何故かミカゲはにやにやとして、二人という単語を口にした。

「二人なら、嬉しいですけど」

私の言葉にミカゲは驚いたようだった。図々しい発言だっただろうか。私が首を傾げていると、ミカゲは私の頭に手を置いた。

「……そっか、ならいいや。普段は誰も住んでいないから部屋は掃除が必要だけど、三ヶ月は一緒にここで暮らそう」

ミカゲは、部屋のソファで転がりながら、キッチンでテキパキと掃除をするリリーを眺めた。

先程までは、部屋でおどおどとして借りてきた猫のようだったのに、食事の話をした途端急に慌ただしく動き出した。

「このキッチンって、とっても広くて使いやすそうですね！　お鍋なんかも揃っていてすごいです！」

そう嬉しそうにしているリリーを見ていると、何故かほほえましく感じる。

ミカゲにとって、リリーとの契約は幸運だった。

冒険者としての自分には、Sランク、という階級がついている。

それは、冒険者が集う城下町でも十人居ないランクだ。もちろん国の騎士団では、同じような強さのものはもっと居るはずだが。

ギルドにとってSランクは手放せない、そして得難い人材だ。自分たちの地位を守る為にも確保しておきたいし、派遣したい場所がたくさんある。

しかし、通常Sランクともなれば、金にも女にも困らず、自由に生きられる。ギルドに縛られないのだ。

実際ミカゲの知り合い達も癖が強いものが多く、気が乗らなければどんな好条件でも依頼は受けなかったりする。

そこで、ミカゲだ。

ミカゲは呪われている。

それは、あるダンジョンで倒した魔物が、死に際にかけてきたものだ。呪いによって死の危機にあったミカゲに対して、冒険者ギルドは王城所属の薬師から仕入れたというポーションを渡した。まだ、開発途中だけれど、僅かな希望として。そして、それは実際効果があった。

しかし、完全に呪いを解く事はできず、定期的にポーションを飲む必要があった。Sランクであろうが、王城所属の薬師から開発途中のポーションを融通してもらう事は難しい。

呪いを解かないまでも進行を止めるだなんて、上位の機密事項なのは間違いない。手に入った事がすでに奇跡的だとわかっていた。

実際、ミカゲが伝手を使って調べたけれど、作製者どころか情報すら全くつかめなかった。

だから、ポーションを手に入れる為にここのギルドから離れる事は出来なくなった。

依頼に対する条件は通常のSランクと変わらない。ただ、逃げられない。

もう、五年ほど囚われている。

ミカゲにかかっている呪いは単純なものだ。放置していると徐々に体を蝕み、動かなくなる。

半年に一度程度のポーション。たったそれだけなのに。

今は依頼をこなして戻ってきたばかりだ。後何ヶ月かは自由にしてもいいだろう。ミカゲの手には冒険者ギルドから受け取ったポーションがある。

ギルドだって、こんな事でミカゲを手放すはずがない。こんな都合よく言う事を聞くSランクなんて他に居るはずがないのだから。

ギルドのどんどん高圧的になる態度にも、従うしかない。何がSランクだ。

暗い気持ちで、緑色のその液体を見る。

身体が、動かなくなったら。討伐で、大きな怪我をしたら。

ただ、年を取って衰えたら。

あっという間にギルドはミカゲの事を見捨てるだろう。

不安ばかりで先の見えない生活が、もう嫌だった。仕事は過酷を極め、そして楽しさは全く感じなくなってしまった。

依頼数をこなしているため、金だけは驚くほど入ってくる。しかし、それが何か意味のある数字だとは思えなかった。

この家を買ったのは、住むつもりは全くなく倉庫にするためだ。宿屋の方が常に身の回りを綺麗にしてくれるし、食事も出てくるし気楽だ。

寄ってくる女もたくさんいたが、呪いの事を考えると気が重く、相手にする気にはなれなかった。それに、そういう女はSランクという肩書きしか見ていない。

リリーはSランクとしての自分を知らない。小汚い姿をした自分を、心配そうに見る彼女の視線が心地よかった。そして何故だかとても嬉しかった。彼女の純粋な、視線。

そして、リリーはお金を持っていたのでSランクの自分とも問題なく契約できた。……駄目な人間を雇うのに大枚を払うのはどうかと思うけど。ミカゲにとって都合がよすぎる展開に、信じられない気持ちだったぐらいだ。

何故か満足そうな彼女に疑問を残しつつも、有り難く契約させてもらった。

三ヶ月だ。

三ヶ月は自分の為に時間を使いたい。何か手掛かりが欲しい。

もちろん護衛はするつもりだけれど、こんなか弱そうな少女に何か問題が起こるとしても、せいぜい物取りにあうぐらいだろう。片手間にやったとしても、後れを取るはずがない。彼女が大金を持っているとしても、申し訳ないがミカゲにとっては容易い仕事だ。

リリーには、最後に報酬として受け取る金額に見合う何かを渡そう。途中で我に返って逃げられると困るから、最後の時に。

ミカゲはそっとため息をついて、自分の気持ちに整理をつける。

キッチンからは何か美味しそうな匂いがしている。

これが三食昼寝付きの一食なのか。誰かが自分の為に作る食事なんて、いつ以来だろう。

リリーがご機嫌で鍋を混ぜているのを見ながら、ミカゲはほほえんだ。

# 第二章　冒険者と暮らす

私は食卓に料理を並べ、ミカゲに声をかけた。並んだお皿に、自然と笑みが浮かぶ。

「簡単ですができました！　食べましょう」

「おーありがとう。うまそうだな」

「……良かったです。いただきます」

「いただきます」

作ったものを褒めてくれるだなんて思ってもみなかったので、とても嬉しくなる。

ここはキッチンがとても立派なのに材料は殆ど揃っておらず、非常用の缶詰や乾物しかなかった。それで、私は栄養のありそうなものを煮込んだリゾットを作った。

二人で手を合わせ、スプーンを口に運ぶ。トマトの缶詰ベースで簡素な味だけど、あったかくて美味しい。

ミカゲも美味しそうに食べてくれているので、ほっとする。

「あったかい食事は久しぶりだ。食事付きの契約だけど、作ってもらうとは想定してなかったな」

「こんなに広くて立派なキッチン初めてだったので、つい。あの、もちろん次からは食堂で食べてもいいですよ」

私が言うと、ミカゲは眉を寄せた。

「いや、大丈夫だ。外に出ると色々と面倒だからこのままでいい」

ミカゲは外に出ない自堕落な生活がしたいらしい。護衛的にも外に出ると気をつけなければいけない部分が多いから大変なのかもしれない。護衛の事なんて気にしなくてもいいのに。

それでも、こうやってごはんを作って一緒に食べる生活が続くのかもしれないという事に、どきどきする。私は喜んでいる事をミカゲに悟られないように、話題を変えた。

「それにしても、ここの家は誰に借りてるんですか？　すごく高そうです」

「……いや。ここは知り合いの家だ。普段は倉庫として使っているだけだから、自由に使っていい事になってる。個人的に貸しがあるから賃料も払ってないし気にしないでくれ」

「わーすごくお金持ちのお友達が居るんですね。びっくりします。本当にいいんでしょうか」

「二階に寝室もあったはずだ。家具や寝具も一通りは揃っている。ここで一緒に生活すると護衛するにも楽だから、そうしてくれると助かる」

「そうですね！　効率大事です」

ミカゲの言葉に笑ってしまう。何処までものんびりだ。でも、今も姿はぼろぼろだったから、無理もないかもしれない。しばらく冒険者ギルドの依頼をこなしていたのだろう。ギルド職員のミチルの態度を見るに、ミカゲはかなり過酷な生活を強いられていそうだった。ミカゲがこうしてのんびりと過ごしているのを見ると、何故か自分も嬉しい。

多分、これは自己満足だ。

自分が人にしてほしかった事をしているのだ。お互いにとって、良い生活になるといい。

「ごちそうさま。美味しかった。ここはしばらく使ってないけど、風呂もあるから入るといい」

「わーお風呂があるなんてすごいですね！　お湯の魔石って高いのに！」

お風呂は一般家庭にはほとんどなく、公共の浴場に行ったりお湯を沸かしたもので体を拭いたりするのが一般的だ。まさかお風呂があるなんて。

後、お風呂は地味にランニングコストも高い。流石にここは払いたい。

……三ヶ月は、お金の事は忘れよう。どうせあぶく銭だし。

「あ！　でもミカゲさんが先に入ってくださいね。髪の毛も服もめちゃめちゃです」

「あーそれは確かにな。腹もいっぱいになったし、入ってくる。……覗くなよ」

頷いてお風呂場に向かうミカゲは、最後に振り返ってにやっと笑った。

「もー覗きませんよ！」

私もつられて笑ってしまう。

今のうちに後片付けをしよう。二人分の食器。思わずまじまじと見てしまう。誰かと食べるごはんって驚くほど美味しい。

これは慣れすぎないようにしなくては。

私は食器を重ねてキッチンに向かった。

ギルドに向かうまではどん底のままだったのに、こんなふかふかのベッドで、穏やかな気持ちで寝られるなんて夢のようだ。ミカゲが出してくれた寝具はいいもので、ふわふわの毛布に包まれるとそれだけで嬉しい。

ミカゲに案内された寝室で、天井を見上げながら私は今日の出来事を思い返した。

全く想像もしなかった展開に、不思議な気持ちになる。

三ヶ月だけとはいえ一緒に、誰かと住むなんて。

お風呂から出たミカゲは、銀髪がとてもよく似合う綺麗な雰囲気の人だった。

ミカゲが気だるげに髪をタオルで拭いていると、キラキラとした銀髪が揺れるのが見えた。着替えた服は薄着で、細身だけれど均整の取れた身体つきがわかり、びっくりしてしまう。

少し冷たい印象の整った顔に、ついどきどきしてしまったのは内緒だ。

学園に入るまでは殆ど人と関わった事はなかったし、学園でも職場でも遠巻きに人を見ていたぐらいなので耐性が全くない。

こんな風に意識しているとばれたら、ミカゲがのんびり生活できないだろう。

私は目をつむって、自分の煩悩を振り払った。

あっという間に睡魔はやってきて、私の意識は遠くに行った。


「おう、おはよー」

「おはようございます」

起きて下の部屋に行くと、ミカゲは今日もソファで転がっていた。しかし、綺麗になったミカゲは、それだけでも何か絵になりそうな格好良さで動揺する。

「朝ごはんは昨日と同じメニューですみません。買いに行ってもいいですけど」

「それでいい。……むしろそれがいい」

昨日のリゾットもどきが気に入ったのだろうか。ミカゲはトマト味が好きなのかもしれない。心のメモに書き込む。

もう一度火にかけ温めなおして、向かい合って食べる。

「とりあえず今日は掃除して、買い出ししましょう！」

ここの家は聞いていた通りほこりだらけだ。とてもいい調度品が揃っているのに、ほこりっぽいので台無し感がある。それでもすごく汚い訳ではないのは、定期的に手が入っているのだろう。

家の掃除は実はとても得意だ。家族で住んでいた時も、掃除は私の担当だった。

ミカゲは気にしていなそうだけれど、住むなら綺麗な方がいいだろう。家主だって、ずっと空き家だと家が傷むからミカゲに住んでもいいと許可を出したのかもしれないし。

布団類だけはきちんとしまい込まれていた為、とても綺麗ですぐに寝る事ができ有り難かった。

「買い出しって、何か欲しいものでもあるのか？」

とぼけた声で、ミカゲが聞いてくる。

「食べ物が、ありません！」

缶詰と乾物では、栄養面で死んでしまう。ミカゲを雇った以上、栄養不足なんて事は責任上良くない。

一人ならともかく、二人ならきちんとしたものを取りたい。いつものように、パンとスープだけではない方がいいだろう。

ミカゲは、すらっとしつつも筋肉がついているのでお肉とかが好きかもしれない。

幸いお金はあるのだ。今までは料理については必要にかられてのものだったけれど、美味しいものを作りたい気持ちになる。

私の勢いに押されたのか、ミカゲは何度も頷いている。

「ミカゲさんは、とりあえず転がって警備していてください。私は、お部屋の掃除をしてきます！」

「……ああ。よろしく頼む」

ミカゲは目をぱちぱちとさせて、返事をした。私は頷いて、バケツを探して水場に向かった。

「すごい……！　こっちもお湯が出るようになってる！」

掃除用の流しでもお湯が使えるようになっている。使用人にも優しい仕様だ。流石お金持ちはすごい。

ここに住んでいた人はどんな人だったんだろう。こんなに豪華な家を使っていいだなんてすごいな。

ざばざばとバケツにお湯を入れて、雑巾も用意する。

まずはミカゲが寝ている部屋から掃除だ。寝具が綺麗でも周りがほこりっぽければ健康に良くない。

私は張り切ってバケツを持ち上げた。

寝室の掃除をしっかりと終えられたので、お昼ごはんも兼ねて買い出しに行く事にした。

ミカゲにそれを伝えると、彼は荷物持ちを買って出てくれた。

そして二人で並んで買い物に向かったけれど、すぐに現れた喧騒に私は呆然としてしまう。

「驚くほど市場に近いですね……」

便利なんていうレベルではない。高級住宅街だとわかっていたけれど、昨日はそこまで意識出来ていなかった。

これは近すぎる。ぽーんと高級住宅をミカゲに貸してくれる知り合いが怖い。

まさか、不法侵入だったりしないよね？

意識せずにミカゲに疑いの視線を送ってしまっていたようで、ミカゲが不審そうな顔をした。

「なんだ？　何かあったか？」

「い……いえ、なんでもありません」

「なんでもなくないだろ。気になるから言えよ」

「ううう。怒らないで聞いてほしいんですが、あの家は本当に使って大丈夫な奴かなあと、ほんの少しだけ、本当にほんの少しだけ思っただけです！　ごめんなさい！」

私が思い切って懺悔すると、予想に反してミカゲは大笑いした。

「昨日も言っただろう？　家主には貸しがあるって。それにそもそも俺はお金持ちなんだぞ」

「もー。私もミカゲさんも馬鹿だと思われるからやめようって言ったじゃないですか」

私も怒られなかった事にほっとしつつ、冗談を返す。

言葉を選ばなくていいだなんて不思議だな。

ミカゲと居ると自然と力が抜ける自分が居る事に気が付く。

家が綺麗になったらおやつも作ってみようかな。なんとなくだけど、ミカゲは褒めてくれる気がした。

「さてさて、どこから行きましょうかお嬢さん」

「まずは野菜から買いましょう！」

「えー肉がいいよ肉が」

「お肉も買いますけど、野菜がないといい身体になれませんよ！」

「……俺の方が、よっぽどリリーより強く出来てると思うけどな……」

「それは確かに」

腕も足も細い自分の身体を見る。胸だけは何故かあるが、全体的に弱そうだ。

でも、それはきっと今まで節約で雑な食事をしてきたせいだ。栄養不足に違いない。

「すぐに、私の方がいい身体になるでしょう」

「その細い身体のどこからその自信出てくるんだよ」

私は確信を持って言ったが、ミカゲは呆れたように笑った。

そうしてミカゲを雇って一週間。全部の部屋も綺麗になり、生活も安定した気がする。

ベーコンエッグと白いパンとチーズという、簡単だけれど値段は高く栄養が取れそうな朝食を食べながら、私はミカゲに相談する事にした。

ちなみにこのメニューの他に、ミカゲは鶏の香草焼きも食べている。よく食べる人だ。

「あの、私仕事を探していまして。朝ごはん食べ終わったら、今日も出かけようと思っているんですが」

「それだったらついていくぞ。外は危ない」

本当は全然危なくない。この間まで私はこの辺はひとりで出歩いていたし、城下町は夜間に女の人の一人歩きも少なくない。

それでも、警備の仕事の建前があるだろうから仕方がない。面倒をかけて申し訳ないが、付き合ってもらうしかないだろう。

「ありがとうございます。実は仕事を探すのは初めてでして、ちょっとどこからはじめたらいいのか。無駄足に付き合わせてしまうかもしれません」

「求人なら各ギルドで斡旋しているとは思うけど……リリーはポーションが作れるだろう？　薬師の仕事をしていたんじゃないのか？」

「そうです！　薬師の仕事をしていました。五年も働かないうちに、追い出されてしまいましたが……」

「何か失敗をしたのか？」

「……いえ、上司に作ったものを見せたら、怒りを買ってしまったようで。研究はさせてもらえなくなって、最後はやってもいない事で首になってしまったんです」

もう気にしていない風を装って言おうと思ったのに、失敗してしまった。

それでも、ミカゲには信じてほしくて本当の事を話してしまった。戸惑わせるだけだから、言わなければいいとわかっていたのに。

私が研究していたポーションは、上司には作り方を聞かれてきちんと説明したにもかかわらず、秘匿しているなどと怒鳴られた。そして閑職に追いやられたあげく、勝手に材料を使いこんでいると言われ、首になった。

何度か作れと言われて作ったあのポーションは、何処に行ってしまったのだろう。王城では、私がどこかへ横流しした事になっている。

「何だそいつ！　ひどい目にあったな……今からでも訴えられないのか？」

立ち上がって不快そうに眉を顰めるミカゲに、あっという間に救われた気持ちになる。私の話した事を疑う素振りもなかった。

「ふふ。ありがとうございます。私、ちゃんと周りの事が見れていなかったので仕方なかったんです。仕事が楽しくて浮かれていたのかもしれませんね」

「なんで笑ってるんだよ。全然良くないだろ！」

「いえ、ミカゲさんが怒ってくれた事が嬉しくて」

「なんだよ……それ」

私がそう言うと、ミカゲは更に険しい顔をして、横を向いた。そして、その事を誤魔化すように話を変えた。

「ところで、どんなもの作ったらそんな事になるんだ？　そんな危ない代物だったのか？」

「危険だなんて！　ただの新しいポーションですよ」

ミカゲは私の事をなんだと思っているんだろう。

「新しいポーション？　それはすごいんじゃないか？　今までと効能が違うのか？」

興味ありげに聞かれて、私はすっかり嬉しくなった。

「普通のポーションは、知ってるかもしれませんが、効能のある薬草と魔物から採れる素材を混ぜて作ります。物は違えど、必ずその二つが必要なんですよね。それって理由を考えたんですけど、魔物素材からは魔力を使っているんじゃないかと思いまして！　それでその研究をしていたんです。そうしたら、魔力を混ぜる事によって色々な効能を強くしたりする事ができるとわかったんです。すごくないですか？　すごいでしょう！」

　嬉しさに息継ぎも惜しいぐらいに語ってしまった。気が付けば勢いでミカゲの手まで握っている。私は自分の行動にびっくりして慌てて手を離そうとしたが、ミカゲにそっと握り返されてしまう。そして、解こうにも解けない。

　なんか、既視感があるな。私は諦めて握られた手をそのままにする。ミカゲは何故か私の目をまっすぐに見つめていた。

「薬師の仕事が好きなんだな」

　確かめるように言われて、私は頷いた。

「そうですね。勉強ばかりの人生でしたけど、嫌ではなかったです。むしろ知らない事を覚えるのは楽しくて、研究も好きでした。その代わり、人間関係は捨てた感じになってしまいましたが」

　友達と呼べる人は居ないし、家族も居ない。勉強しようにも、今は環境もない。

　そんなため息をついた私に、ミカゲは遠慮がちに家族の事を聞いてきた。

「リリーは、家族は居ないのか？」

私は問われるままに、ミカゲにこれまでの事を話した。

身体が弱く、勉強と家事で過ごしてきた事。学園に入った時に喜んでくれた事。寮に入って送金すると、手紙のやりとりができた事。

……連絡が取れなくなり、宝くじのお金を手にして向かった自宅にはもう誰も居なかった事。

ミカゲは真剣な顔で、頷きながら私の話に耳を傾けてくれた。

「それまで、ずっと金を送っていたのか？　文句も言わずに」

「私、すっかり節約上手になったんですよ」

ふふふ、と私は笑って見せたけれど、ミカゲは笑わずに怒りを滲ませた声で聞いてきた。

「リリーだけが、そんな目にあっていたのか？」

そんな目に、と言われても実家に居た時の事はそこまで酷かったとは思えない。ただ、もぬけの殻だった実家を見た時に気が付いたのだ。

「……そうですね。両親は私の事を家族だとは思えなかったみたいです」

口に出すと、ポロリと涙が零れた。軽い口調で言いたかったのに、失敗だ。

下を向きぎゅっと涙を堪えようとすると、強い力で引き寄せられそのまま肩を抱かれた。

「そんな風に言うなよ。嫌な事を聞いて、ごめん」

謝られて驚いてミカゲを見ると、私の頬に流れる涙をミカゲが手で乱暴に拭ってくれた。

引き寄せた力強さとは裏腹に、宥めるように背中を撫でてくれるミカゲの手付きは優しい。

ミカゲの体温が温かく、こわばった身体から力が抜けていくのを感じた。

思わぬ優しさに勇気を得て、言葉を続ける。

「妹はとっても器量が良くて、可愛い子なんです。噂によると、貴族の方に見初められて、家族ごと嫁いで行ったみたいです。すごいですよね貴族だなんて。そういう子なんです。誰からも愛されるような」

妹であるアンジェの顔を思い出す。

天使みたいだと評される、明るくて誰にでも物おじしない可愛い子。よく言われてきた。陰気な姉とは別物だ、と。

あんな風に可愛い子が居たから、両親は私の事は家族だと思えなかったのだろうか。

陰鬱な気持ちで思い出していると、ミカゲは私の肩をそっと撫でた。

「リリーは、そんな家族とまだ一緒に居たいのか？」

その言葉を私は腕の中で反芻した。

思いついた言葉に自分でも戸惑ってしまい、それが伝わったのかミカゲも首を傾げている。

「う―ん……そうですね。引きずっていないと言えば嘘になります。でも」

気持ちのままにそこまで言って、私は慌てて口を閉じた。

「でも、なんだよ」

「ええと。図々しいって怒らないでくれますか？」

「俺ほど穏やかな人間は居ない。ほぼ神様だ」

「ギルドで怒鳴りあってましたよね見てましたよ」

「……あれは不可抗力ってやつだ」

「ふふふ。そういう事にしておきます。……ええとですね。私は家族がとても大事でしたし、役に立ちたいとずっと思ってきました。でも、残念ながら私の事は大事にしてくれなかったんです。今、ミカゲさんと一緒に居て、すごく居心地がいいんです。……だから、大事にしあえる人と一緒に居るのがいいな、と思ったんです」

　口に出すとものすごく恥ずかしい。居た堪れない気持ちでいると、ミカゲはいたずらっぽい顔をして笑った。

「それって俺とずっと一緒に居たいって事？」

　もちろん願望として持っているけれど、そんな事は当然言えない。両手をぶんぶんと振って無実を訴える。

「いえ！　そんな図々しい事は考えていません……！　ええと、いつか、誰かとそうなれたらなって……」

　願望が大きすぎて赤くなる頬を押さえようとすると、何故か先にミカゲの大きい手が私の頬を包んだ。

「……誰かって誰だよ」

「えっ。なんて言いました？」

「いや、なんでもない。そうだな。絶対見つかる」

ミカゲが断言してくれて、私は何故か嬉しい気持ちと悲しい気持ちがごちゃ混ぜになったような気持ちになった。それを振り払うように、頷く。

「ミカゲさんがそう言ってくれると、何故か信じられるんですよね。おかしいですよね、知り合ってまだほんのちょっとなのに」

本当にまだ知り合って少しのミカゲに、すっかり甘えた気持ちになっている自分を自覚し、驚く。

「それなら、信じてくれ。今の気持ちは間違いじゃない。俺は親が居なかったから家族の事はわからないけれど、それでもそんな奴らから離れた方がいいのはわかる。ある意味居なくなってくれて良かったんだ。晴れて自由だもんな」

明るく響くミカゲの言葉に、私は虚を衝かれた。

「晴れて、自由」

「そうだろう？　仕事だって、家だって好きに選べる。お金だってあるじゃないか」

何が問題なんだ、と問われればその通りな気がしてくる。でも、そんな状況、信じられない。

それじゃあ、本当に夢みたいだ。

ぼんやりとする私に、ミカゲは楽しそうに提案してくる。

「そうだ！　薬局を開くのはどうだ？　ポーションが得意なら、ここを改造して店にすればいいし新たに店を買ったっていい。ポーションを作れるものは少ないから、新たな店ができるのは歓迎(かんげい)される」

「自分の、お店……。そんな事、本当に？」

「そうだよ。資金があるんだから好きな研究だってしたらいいじゃないか。足りないようなら俺が投資してもいいぞ」

最後はからかうような口調で、私は思わず吹(ふ)き出した。

「投資先としては、危ないですよ」

「先見の明があると言ってくれ」

「そうだといいですね。……でもなんか、すごく元気が出ました。私、薬局やってみようかな。資金が足りるかはわからないですけど、作ってみたいものもたくさんあるんです」

口に出すと、本当に次から次へと作ってみたいものがたくさん出てきた。今までレシピは知っていたものの作れなかったもの、あと少しで作れそうだったポーションが思い出される。

自分の中に、こんなに色々な願望があった事に驚くと同時に嬉しくなる。

これが自由という事なのかもしれない。

指折り数えて考えていたところで、私はそういえば、と思い出す。

「ミカゲさんの呪いも、私の方で解きましょうか？」

ミカゲは呪われている。初めて見た時に既に呪われていたが、一向に解く気配がないので気になっていた。

もしかしたらお金がなくて解けないのかもしれないと思い始めていたところだった。

薬局の話が出たのでそう提案すれば、ミカゲは呆然とした顔のまま止まってしまった。

「……なんで、俺が呪われてると？」

唸るように言ったミカゲは、警戒した動物のようでちょっと可愛い。でも、質問は薬師である私にとって簡単なものだったので、先生みたいな気持ちになって教えてあげる。

「魔力の流れが変だからですよ。人が持っている魔力は、意識していないときは全体に均等に広がっている状態なんですが、呪われている人は呪われているところに魔力が固まるようになっている事が多いです。まあもちろん例外もあるので、私が見ただけで呪い全部が見通せるみたいな事はありませんが」

最後は自分で言っていてちょっとしょんぼりする。いくら専門外だとはいえ、出来ないというのは嫌なものだ。

「そんな事が、本当にあるのか？」

　ミカゲがいかにも怪しんでいるというように言う。

　確かに私は経験が少なそうに見えるだろうが、見間違えたりはしない。

「ミカゲさんからしたらひよっこに見えるとは思いますが、ちゃんと見えてるしもちろん私でも解けますよ。まだ呪いに関するポーションのレシピは完成してないのですぐにとは言えないですし、専門の人の方が安心感はあると思いますが、それでも」

「呪いに専門のものなど居ない」

　私の言葉を遮って、ミカゲが強い口調で言った。咄嗟に理解できない。

「え？　どういう事ですか？」

「言葉そのままの意味だ。呪いはかかったらそのまま、終わりだ」

「そんな事……あるんですか？　そうしたら、ミカゲさんは」

　王城では呪いの研究を行っている人が居ると聞いていた。だから普通にそういう職業の人が居るのかと思っていた。

　確かに呪いに関しては、ほぼ学園の授業では話題になかったけれど……本当に？

　私が混乱しているのを感じたのか、ミカゲは立ち上がって、自分の荷物の中から何かを出してきた。

「リリーの言うとおりだ。俺は呪いにかかっている。だから、俺はある場所からギルドを通じてこのポーションを買っている。でも、これでも呪いを解くのは難しい。そして、ギルドでも、譲るのが難しいほどの貴重品だと聞いている」

真剣な顔をして、ミカゲは私の手に緑色のポーションが入った瓶を置いた。

手のひらに置かれたポーションは、特に怪しげなところはなかった。内容を知りたいと、私はポーションを鑑定した。

そしてその結果に、私は驚いて目を見開いた。信じられなくて、ミカゲとポーションを何度も確認してしまう。

「これが現状なんだ。呪いと言っても色々あるし、リリーが解けるものもあるのかもしれないが……。でも、俺のは、解けないんだよ」

ミカゲはきっと、私がショックを受けないように柔らかく話してくれている。私が解けると言った事は誤解だったけれど、そもそも期待していないから、大丈夫だと。

ミカゲは眉を下げて、子供に言い聞かせるみたいに言ってくる。

でも、私の驚きはそれじゃなかった。

「これ、私が作ったポーションだ！」

「え！　そんなはずないだろう？　よく見てくれ。普通のポーション瓶に見えるかもしれないが、これは特別なものなんだ」

ミカゲは全然信じていない。確かにポーション瓶としては良く見るタイプのものだ。それは、一見特になんの特徴もない。

　でも。

「ちょっと見ててください。この瓶に……わ！」

私が瓶を裏返して魔力を流そうとすると、ミカゲが慌てた様子で私から瓶を取り上げた。

「おいおいおい。これは、駄目だぞリリー。驚くほど貴重なんだから」

いたずらを止めるような口調に、私はぶーっと不満げな顔になってしまう。

「これ、高くないですよ。一般的なポーションより安いぐらいですもん」

「いやいや、リリーの知っているポーションとは違うんだ」

「そうなんですかね……」

私は諦めた顔をして、ミカゲの肩に頭を寄せた。ミカゲはぎょっとした顔をしたけれど、ため息をついて私の頭を撫でた。

「落ち込むなよ。リリーのポーションは良く効いた。冒険者にとっては救いとなるはずだ。販売してくれたら、俺も嬉しいし通うよ」

出会ったときに使ったポーションの事を思い出しているのか、ミカゲが頷きながら優しくそう言う。

「ありがとうございます……えい！」

私はすっかり油断したミカゲの隙を突き、ポーション瓶に手を伸ばしさっと魔力を流し

た。

「うわ！　おい、こら！」

「ほら見てくださいミカゲさん」

完全に虚を衝かれてあわあわしてるミカゲに、私はポーション瓶の底を指さして見せる。

ミカゲは不機嫌な顔をしながら、一緒に瓶を覗き込む。

「え？　リリー？　え？」

ミカゲは混乱した顔をして、ポーション瓶と私を交互に見ている。その仕草につい笑ってしまう。私を信じなかった罰だ。

「ふふふ。やっと信じる気になりましたか？　これは私のサインです！」

仕事では特に必要なかったけれど、不良品が返品されたときに私のものかどうかを確かめたいと思い、名前を入れる事を思いついたのだ。

鑑定は使えるけれど、今回のように特殊なポーションでない限りは誰が作ったものかはわからない。

魔力を流した時だけ瓶の底にそっと浮かび上がるようにした。基本的には誰にも見られないから、リリーという名前と、猫の絵を描いたサインだ。割とうまく描けたと思う。

「本当にリリーのサイン、なのか？　この変な絵の描いてあるこれが？」

「変な絵じゃありません。猫ちゃんですよ可愛いですよ」

「自分で可愛いとか言うなよ。なんかの魔獣かと思ったぞ」

「ええ。失礼な！　うまく描けたものを大事に複製してるんですから－」

「いやいや、そもそも……。というかリリー、本当なのか？」

「何度もそうだって言っているじゃないですか！　もう、全然信じてませんね」

サインを見てもまだ疑っている様子のミカゲを、小突くように叩いた。それでも、ミカゲはまだどこかぼんやりしたような顔をしている。

「……俺はこのポーションは、王城の薬師の、開発途中のものだと聞いている」

「うーん、まあ、そうとも言えます、私は王城に居ましたから」

「ええぇ！　薬師の中でもかなりのエリートじゃないか！」

なんだか急に褒められた気がして、照れてしまう。

「えへへ。そうですか？　通っていた学園は成績によって学費が免除になって、更に給与が出るという事で両親が選んだんですよね。学園は、就職は王城にする人が多かったんですよ」

「あの学園か……。それは王城に進む奴が多いだろうよ」

ミカゲはなんだかとても疲れたように言った。

「そうですね。王城の隣にある学園なんで、流れ的にそうなりますよね」

「ちょっと違うけどもういい」

「なんで急に突き放すんですか」

なんだかちょっと寂しい。私の不満を無視して、ミカゲは続ける。

「ええと。整理すると、リリーは王城の薬師をやっていた」

「そうです」

「そこで、ポーションを作っていて、この呪いに効くというポーションも作った。そうだな」

「はい。そのポーションは呪いに効くとは思いますけど、応急処置的なものになります」

「そうだな。根本的な解決にはならないと、俺も聞いている。……それで、呪いを解くポーションも、王城にはあるのか？」

ミカゲは言いにくそうに、下を向きながら聞いた。表情が見えないが、聞かれた事自体は機密事項でもなかった為、問題ない。

「私が勤めている範囲では、なかったです」

「……。そうか。そうだよな」

ミカゲは諦めたような声で呟き、表情を隠すように両手で顔を覆った。

それで、私はやっとわかった。王城を首になった理由が。

だからあんなに信じられないと責められたのか。それに上司は私のレシピを再現できなかったから、プライドが傷ついたのかもしれない。それとも、自分の手柄にするためには再現する必要があったからか。なんにせよ、私名義での研究はなかった事にされたに違いない。

「ミカゲさん。あの、そのポーション、私が開発したものなんです」

「なんだって？」

「私が開発したんです……。今、ミカゲさんと話していて気が付いたんですが、上司からは信じてもらえないしレシピを伝えても作れないし、騙してるって言われてたんです。でも、実際今までまったくなかったものだから信じてもらえなかったのかもしれません」

「そんな事あるのか？　大発見だぞ！　褒章を受けてもおかしくないはずだ。普通に暮らしていたら呪いなんてあまり関わる事はないと思うが、ある程度のランク以上の魔物は死に際に使ってくる事がある。冒険者は強い者ほど、呪いで命を落とす」

「そんな事が……。知らなかったです」

「そうだ。俺たちみたいな冒険者には、ひどく重要なものだ」

ミカゲはすごく真剣に、重大な事を言い聞かせるように話してくるが、私はつい笑ってしまう。

「なんか、ミカゲさんがすごく強い人みたいですね」

私の指摘が恥ずかしかったのか、ミカゲはわたわたと否定する。

「いや！　確かに俺は強くないけど、ほら、冒険者だし……たまたま呪われたのもあるし仲間意識というかなんというか……」

「ふふふ。冗談なのでそんなに慌てなくて大丈夫ですよ。でも、それだけ需要があるなら、早く薬局を開いた方がいいかもしれませんね。これで助かる人が居るのであれば、届けたいです」

「それはそうだけど、危険もあるな。というかお前の上司はレシピも知ってるんだろう？独占して利益を得る為じゃないか？」

「いえ、上司は作れないって怒っていましたし、レシピは首になった時に燃やしてきました」

ミカゲはそれを聞いて大笑いした。

「なんだそれ！　思い切ってるな」

「その時は、レシピは嘘だって言われていたので、後で難癖付けられたら嫌だなと思って」

「じゃあ、後はそいつが覚えているかどうか、か。でも作れないって事は難しいのか？」

「うーん。素材自体はそんな珍しい物じゃなかったので、配合は……どうでしょう。私は特に難しいとは思わなかったのですが」

「リリーが特別優れている、のか？」

「そんな事はないと思いますが、レシピを試したのは上司だけなのでわかりません。先程も言った気がしますが、調合の時に魔力を混ぜてるんです。もしかしたら個人の魔力の差が影響しているのかもしれないと考えていましたけど、そこまで研究はできていません」

「魔力を混ぜるというのは、一般的な手法なのか？」

「いえ、これが新しい部分なんです。上司は魔力を混ぜる事自体ができないと言っていました。……説明が悪かった可能性もありますが、他の人にはこの方法自体伝えないように言われていました」

「それは間違いなく研究を盗もうとしてたな……。難しかったのか、試した人間が悪かったのかはわからないのか」

「上司に言われるままに何度も作らされていたのですが、自分が作る分には安定していました。上司は結局そのレシピの再現を諦めたみたいで、その後は私も研究に関わる仕事は殆どさせて貰えていませんでした……。だから、呪いに関するレシピも完成していないんです」

　魔物素材は高価で、個人で研究ができるようなものでもない。周りの人が色々と実験をしている中、延々と指定されたポーションを作製するだけの日々は悲しかった。

「リリーに問題がないのなら、研究の続きはここですればいいじゃないか」

「魔物素材は高いんですよ……。でも、ミカゲさんのポーションは作りますよ！　だいたいレシピはわかってるので」

　私は張り切って伝える。結局混ぜるものの問題なのだ。

試作品として作ったミカゲが持っているポーションの上位版なだけだし、そもそも試作という事で高くない素材で作ったからその程度の効果だったのだ。もっと素材としての能力が高いものを使用し組み合わせを試していけば、ミカゲ専用の呪いを解くポーションを作る事ができるだろう。

「そうなのか……」

「でも不思議ですね。私が作ったそのポーションは二十本も作っていなかったはずです。なんでまだあるんだろう？」

「……二十本？」

私の疑問に、ミカゲは平坦な声で本数を繰り返した。

「そうです。呪われた人の処置で使うなら、なくなってしまってもおかしくないのに。やっぱりあんまり出番はないものなんですかね。……結果的に、ミカゲさんが助かったなら私は嬉しいですけど」

ちょっと自分で言って照れてしまう。

呪われている人は強い魔物からと言っていたから、あんまり居ないのだろうか。

ちなみに王城では呪いの研究に関しては、呪われた弱い魔物が支給される。実際に呪われた人は見た事がなかったけれど、正しく作用しているようだ。

「そうだな。ここではあまり居なかったのかもしれないな。でも必ず必要になるものだし、実際俺は救われた。リリー、ありがとう」

「いえいえ！　材料を揃えて、出来るだけ早く作りますね！」

手を取り、真剣な顔でお礼を言ってくるミカゲにどきどきしてしまう。私は恥ずかしくてつい下を向いてしまった。それでも、握られた手は温かくて、優しい。

この手が守られてよかった。早く呪いを解いてあげたい。

「ギルドの人にも感謝ですね！」

私がそう言うと、ミカゲはとても綺麗な顔で笑った。


「本当に。すぐにお礼に行きたいぐらいだ」

ミカゲは嬉しそうに笑うリリーの顔を見ながら、怒りを抑えるのに必死だった。

たった、二十本。たった、だ。

ミカゲが呪われてから、五年。

ポーションは半年に一本。

もう十本も使用した事になる。半分だ。

そしてリリーはここに居て、ポーションを作ったのは最初のころだと言った。王城にはリリー以外に作れる薬師も居ない。ギルドがその事を知らないはずがない。

それなのにギルドはポーションを餌に、ずっとミカゲを縛っていた。永遠に供給できると装って。

それを信じていたから、ミカゲはギルドに逆らわず従って生きて来た。

死にに行くような所にも、生きる為に。

なのに、あと五年でポーションがなくなる所だった？

ポーションがなくなっても、呪いで死ぬまで騙すつもりだったのか？

疑問が生まれるが、それは事実そうだろう。

ギルドは手持ちがなくなれば、引き延ばしてミカゲが呪いで弱って死ぬのを待つだけだ。

Sランクのミカゲの怒りを正面から受け止められる奴なんて、あのギルドには居ない。

「どうしました？」

にこにこと笑うリリーの声で我に返る。

そうだ。

リリーが居て、呪いを解くと言ってくれた。実際完全に解けるのかはわからないけれど、

それでもギルドに囚われた状態からは抜け出せる。

少なくとも、今のポーションは彼女の手によって作られたものだというのだから。

それは信じられない程の幸運だ。本当だろうか。こんな何もかもが都合よく進むなんて

事があるのだろうか。

これ自体が何かの罠だったりするかもしれない。ミカゲはリリーの顔を注意深く見た。

「お腹すいたんですか？」

不思議そうに首を傾げてじっとこちらを見つめ返すリリーに、嘘は見られなかった。それはミカゲの願望かもしれないが。

……それでも、いいか。

ミカゲは諦めてため息をついた。駄目なら駄目でいい。この生活は気に入っている。リリーの話が嘘だった場合は、他の呪いを解く方法を探すだけだ。もとより、この三ヶ月はそのつもりだったのだから。

そうすれば、それまでこの生活ができる。見つからなくても、元に戻るだけだ。

……この心地よさを知って、また元の生活に戻れるかはわからないけれど。

先程聞いたリリーの家族の話を思い返す。

リリーは育ちが悪そうな感じもしなかったので、勝手に死別なのかと思っていた。それに、目指そうとしたところで薬師は簡単につける職業ではない。

高度な学問は幼いころから勉強に触れないと、ついていけるものではないからだ。だから、薬師はある程度裕福な家の子がなれる職業というのが世間一般の認識だ。

しかし、リリーから語られた両親は想像とは違い、ただただひどかった。

本人はそこまでひどいとは思っていないようだが、幼いころから誰とも遊ばせずに、家事と勉強だけをさせてきていた。そして、お金が入ればそれを送るように言い、目障りだからと寮生活にして家を追い出した。

リリーは健気にもそれを全部受け入れてきていた。それとも、反抗するという事すら思いつかないような状況だったのだろうか。

聞いているうちに、どんどん怒りが湧いてきた。しかし、ミカゲとは逆にリリーは淡々と状況を話していった。ミカゲの気持ちに気づいた様子もなく。

「……そうですね。両親は私の事を家族だとは思えなかったみたいです」

そう言って涙を流すリリーは、とても小さな少女に見えた。無理に笑おうとして失敗したリリーを見て、ミカゲは思わず、彼女の肩を抱き寄せていた。その行動に自分でも驚いたけれど、リリーの涙を見たらどうしてもそうせずにはいられなかった。

そんな風に静かに泣いてほしくなかった。

せめて声を上げて、文句を言ってくれればいいのに。

そうしたら、そんな奴ら、自分が手を下してもいい。

それなのに、そんな風に泣くから、手を出せない。家族の事を大事に思っているのがわかってしまう。でも、許せない。

リリーはそんな扱いを受けていい人間ではない。そんな家族は、リリーが大事に思う価値のある奴らだとはとても思えない。一緒に過ごして、彼女の笑顔を増やしてあげたい。

なのに、今は呪いがあるから、そんな事はとても言えない。

ミカゲは今までとは違う悔しさで呪いを思った。……もしかしたら、未来があるかもしれないが。

知り合ってほんの数日。

それだけでミカゲはもうリリーと離れがたく思っている。これは新たな呪いではないだろうか。そして、今まで感じた事のないような怒りも覚えている。

リリーの家名はスフィアだ。後で何としても調べよう。そう暗い気持ちで考える。

「やっぱりお腹すいてますよね。何か甘いものでも作りますよ！」

そう閃いたように嬉しそうに笑うリリーに、ミカゲは険しい顔を消して笑いかける。

「朝ごはん食べたばっかりだろう。流石にまだすいてない。あと、魔物素材ならこの家にたくさんあるぞ」

「え？　なんでですか？」

「ひみつー」

そう言って、ミカゲは驚くリリーの手を引いて二階の部屋に連れて行った。

「ここだけ、魔法錠だったんですよね」

リリーは扉の前に立って、不満げに言った。掃除ができないとの話は聞いていたけれど、魔法錠だから開かないとだけ言っておいた。

魔法錠は魔力を登録するもので、値段は高いけれど本人以外には開けられないという、かなり防犯性の高いものだ。

うっかり本人が死んだりしたら、壊すか莫大なお金と時間をかけて解除するかしかない。だいたいは魔法錠をかけるようなものには強化の魔法もかけてある為壊す事は難しい。最終手段としては、中身の半分を渡す事を条件に、王城の魔術師に託す事になる。

扉に手をあて魔力を流すと、するりと扉が開いた。

リリーは不思議そうな顔でこちらを見ている。

「なんで、ミカゲさんで開くんですか？」

「ひみつー」

まだ、リリーには教える気はない。ただのミカゲで居たいから。

むっつりとした顔のリリーに扉の中を開いて見せると、急にキラキラとした顔になった。

「どうなってるんですかこの家！　すごいすごいすごい！」

走って素材に噛り付くようにして見ている。きちんと手を触れないで見ているのが偉くて可愛い。

距離は驚くほど近いのでマナー的にはどうかわからないけれど、可愛いから許す。

「良かった。これも好きに使っていいらしいから、買いに行く手間が省けるといいけど」

「それどころじゃないですよ！　希少品だらけです！　いつか家主の方にお礼を言わせてください！　見せて頂いただけでもありがたいものばかりだわ」

居もしない家主にちょっと嫉妬するほどの感謝ぶりだ。

「そのうちな」

そっけなく答えてしまう自分は、こんなに狭量だっただろうか。

「これだけあれば、ミカゲさんの呪いも、すぐ解く事が出来そうです良かったです！　私、頑張りますね！」

そう言ってとても嬉しそうに笑うリリーに、ミカゲはなんだか泣きそうになった。

そのままリリーを素材部屋に置いて、ミカゲは冒険者ギルドへ来ていた。

素材を前にしたリリーはとてもキラキラした目をしていて子どもみたいに喜んでいた。

もっと早くに開けてあげれば良かったかもしれない。

……あれでは、ポーション欲しさに与えたかのようだ。

それも間違いではないが、気持ち的には間違いだ。まさかリリーにもそう思われていたりしないだろうか。

不安になりながらも、やるべき事をやる為に、冒険者ギルドの受付に向かった。

いつもの応接室に通されて、ミカゲはぼんやりと呼び出しベルを眺めた。

リリーとこの部屋に来てからそんなに時間は経っていないのに、遠い昔のようだ。あの様子だと、魔導具も材料さえあれば作れるのだろうか。

しれっと高学歴だったし、特待生だという事はその中でもかなりの好成績だろう。それなのに、自己評価が低くてアンバランスだ。それが、よりミカゲを心配させる。

リリーは冒険者ギルドの部屋はすごいと驚いていたが、もちろんそんなはずはなくここは上客のみ通す部屋だ。リリーは高額な預金をしているしミカゲはSランクなのでここだっただけだ。

普通は簡素な机と椅子があるだけの部屋に通される。もちろんお茶も出ない。

「それでどうしたの？　もう契約解除になったのかしら」

ミチルが心なしか嬉しそうに、書類を持ちながら入ってきた。

「そんなはずないだろ。せっかくの自由時間だ」

足を組んで、ミカゲはそっけなく返す。

ポーションの事はまだ、時機じゃない。

「じゃあ、なんなのよ」

ミチルの高圧的な態度に、少し前までは卑屈な気持ちになっていたのが嘘のように冷静だ。そんな自分の心の変化に驚く。

「俺の雇い主、リリーについてだ」

ミカゲの言葉に、ミチルは意外そうな顔をした。

「珍しいわね。あなたが他人に興味を持つなんて。もしかして、何か怪しいの？」

金銭的な事を言わないのは、リリーが宝くじの当選金の受け取りに来た事を知っているからだろう。その時の入金担当はミチルではないはずなのに、情報が筒抜けだ。

「彼女の、家族について教えてくれ。どうせ調べているんだろう？」

ミカゲが言うと、ミチルは当然とばかりに笑った。

ミカゲを雇うとなれば、何か裏がある可能性もある。Sランクの冒険者が危険にさらされるはずはないが、なんらかのトラブルに巻き込まれる可能性はある。

ミカゲはこのギルドの切り札だ。当然何かあれば事前にそれを知っておきたいはずだ。

確証があったわけではないが、当たりだったようだ。

「そうね。いつもミカゲにはお世話になっているし情報料はいいわ。今回の仲介にしても、きちんと額はもらっているしね」

そう言って、目の前に資料が置かれる。

「リリー・スフィア。王都スヴァエル学園卒業。特待生。卒業後は王城にて薬師として働く。……意外だったわ。あの子、王城に居る人たちとは毛色が違うわよね。それでも王城勤務中は特筆すべき成果はなく、横領疑いで解雇」

「続きを」

　これはリリーからも聞いた話だ。聞いていて良かった。先に聞いていなければ、ミチルの前で怒りを抑えられなかったかもしれない。そんな弱みはこの女には見せられない。

「家族は両親と妹が一人。リリーが特待生で学園に行ったのが不思議なぐらい普通の両親だわ。学歴も普通ね。妹の方は、今は貴族の愛妾をやっているようよ。家族ごとその領地に引っ越している」

「どこの貴族だ？」

「スラート伯爵よ」

「あんな評判の悪い男の愛妾か……。頭の弱さが知れるな」

「そうね。領地自体の評判はそこまで悪くはないけれど。正規のルートで買えないような人たちにポーションや武器を割高で横流しして、贅沢しているという話だわ」

「その金で愛妾を囲うとか、貴族らしいな」

「貴族全員に愛妾が居るわけじゃないわよ。ちゃんとした貴族だって居るんだから」

　ミチルの言葉に、貴族の愛人でも居るのかと勘ぐってしまう。真実の愛だとかで、愛妾ではない恋人だなどと言う人間が一定数居るのだ。ミカゲにもその手の誘いは少なからずある。地位が上がると、それだけで魅力的に思う人間も多い。

　更にミカゲは見た目も整っているので特にだろう。

どちらにせよ、くだらない話だ。

「家族はスラート伯爵領にいるんだな。とりあえずその辺で会いそうもなくて良かったよ。娘の金を狙いかねないと思っていたからな」

「そうね。大金が入った事は知らないでしょうけど、家族と名乗るものから王城に一度問い合わせがあったらしいわ」

ほっとしたのもつかの間、ミチルの言葉に驚いて顔を上げる。

「何故だ？」

リリーが勤めていた王城の給与は良い。その送金を無視してまで行ったスラート伯爵領で何かあったのだろうか？

ミカゲの疑問にはすぐ答えられた。

「薬師をしていたでしょう？　ポーションの融通だと思うわ。ここ何ヶ月か、あの領地のポーションが品薄らしいの。連れて帰ってポーションを作らせようとしているんじゃないかしら。すでにやめた後だったから、本人に連絡はいってないでしょう。つい最近の話よ」

ミカゲは思った。よし、消そう。

厚顔無恥にもまた利用しようと連絡をよこすなんて。こういう人種とは後腐れがないに越した事はないだろう。

そう思い暗殺の方法を何通りか思い浮かべたところで、リリーが家族の不幸を聞いて悲しんだところが想像された。

この方法はまずいかもしれない。

今はリリーとは関わりがないので知られるリスクは低いだろうけれど、噂で聞いたりしたらきっと悲しむだろう。

それを慰めている自分を想像したらそれも有りな気がしてきたけれど、ばれたらすべてが台無しになる。まあ、ばれるようなやり方は絶対しないけれど。

そもそも、そういう奴らにはもっと不幸になってもらいたい。リリーに謝らせたうえで、不幸になってもらうのだ。殺してしまったら終わりだ。

そうだな。こっちの方向がいいな。

ミカゲは自分の考えに頷きながら、出された紅茶を飲んだ。

今更、リリーに連絡するなんて許さない。謝るならともかく、今度はポーションの融通とは。

どういう風に苦しめるか考えていたところで、ミチルのため息が聞こえた。

「まあ、こんなところね。大した情報はないわ。三ヶ月程度なら何かに巻き込まれる事はないでしょう」

「そうか。わかった。……ミチル、あの領地に売っているポーションの素材になる魔物素材を減らしてくれ。俺が融通している分だけでいい」

「ええ！　ミルフィ竜なんて、あなた以外で狩る人ほとんどいないわよ！　ミカゲが融通してくれている分を絶ったら、売らないのと同じ事よ！」

ミルフィ竜は討伐に時間がかかるうえに、割があまり良くない。ポーションの素材としては必ず必要らしいが使う量は極少量なので、金にならないのだ。保存の魔法をかけるとその額が大きくなりすぎるので、素材すべてを利用する事は出来ない。ギルドがある程度まとめて保存しておき、必要な時に討伐依頼が出る。

国が必要としている分は騎士団が狩りに行くので問題ないが、ギルドで必要なものに関してはギルドがその都度多額の金を払って依頼を出している。ポーションは必ず必要なので、素材の値段を吊り上げるわけにもいかない。

ミカゲは狩りに行って、知り合いに時間遅延の魔法をかけてもらい自宅に保存している。もちろんポーションを作る技術はないが、なんとなくすべてを渡すのは癪なので、そこからギルドに定期的に売っている。

それがこんなところで役に立とうとは。

自分の行動を褒めてやりたい。

「そんな事したら、ギルドへのあたりが強すぎるわ。討伐依頼を出したところで、すぐに見つかるわけでもないし……」

かなり不満げに、ミチルが文句を言ってくる。

「その代わり、ポーションを融通してやってくれ。それは俺が用意する。そして二週間経ったら、ポーションの融通に関しては俺に話が来るようにしておいてくれ」

「なんなのよそれ……。でも、ギルドに売るのはやめるわけじゃないのね？」

「そうだ。大した話じゃないだろう？」

「貴族を騙すのよ。十分大した話だと思うけれど」

「俺を相手にするよりはましだろ」

そっけなくミカゲがそう言うと、ミチルは怯んだ。その通りだからだ。

今はポーションで言う事を聞かせているミカゲだが、ポーションを諦めて本気で戦う気になれば、不利になるどころではない。

「……わかったわ。ポーションはいつ用意するの？」

「一週間後、また来る」

「それって、この行動はあの子の為なの？　何故？」

ミチルは本気で不思議そうな顔をして聞いてきた。純粋な疑問だ。

「雇ってもらった分、働かないとな」

ミカゲは嘯いて、軽く手を振って部屋を後にした。

# 第三章　新たな目標

「ちょっと出かけてくる。そこにある素材は勝手に使っていいから」

そう気軽な口調で言ってミカゲは出て行った。

素材部屋で一人大量の素材を前に、私はとても浮かれていた。

興味ない人には謎のものばかりだとは思うが、宝の山だ。ドラゴンの鱗や見た事もない魔物の爪のようなものまである。

王城でも研究に使っていい素材としては、ここまでの品揃えはなかった。

一日見ていても飽きそうもない。この量の素材を前に、ミカゲは私を残して出て行ってしまったが、盗まれるとかそういう気持ちはないのだろうか？

……なさそうかも。

ミカゲは私が宝くじに当たった話をしても、私の金銭的な心配をしてくれていたし、この家のお金だって取っていない。もっと私が支払ってもおかしくないのに。ギルドの人だって、そう言ってた。

あんなにぼろぼろで居たのに、優しいな。

でも不思議だ。あんなところで座り込んでいたし傷にだって頓着していなかったのに、実際のミカゲはさほど貧しそうではなかった。それどころか、お金持ちというのは冗談じゃないのかもしれないと思うところもある。

お金を支払う際の躊躇がないのだ。

今回の支払いも破格だという話だし、冒険者は私が思っていたよりもずっと儲かる仕事なのかもしれない。……死と隣り合わせの仕事だ。

先程も、さらりと親が居なかったと言っていた。自分の事で精いっぱいで、聞くだけになってしまったけれど。

ミカゲの事は、何も知らない。

当然の事にテンションが下がりそうになるが、思いとどまる。

私の話を聞いてくれて、怒ってくれた。

ミカゲにはミカゲの事情がある。言いたくない事だってあるだろうし、これから聞いてみればいいのだ。一緒に過ごす時間が増えれば、きっといろいろ知れるはずだ。

その為にも、呪いを解いて、ミカゲとお友達になって、雇用契約がなくなっても会えるようになりたい。私の事を優しく聞いてくれたミカゲみたいに、支えになりたい。彼にとってのただの薬局としてでも。

やる事が明確になって、私は頷いた。

そして、目の前の素材を検分する。

どの素材も、状態は悪くない。というかかなりいい。

適切に処理された上に、必要なものには魔法のかかった箱や瓶が用いられている。部屋にだって魔法錠がかけられていた。

一見乱雑に置かれてはいるが、この部屋のものすべてが驚くほど価値が高い。

一通り覗きこんで、ある程度満足したところで、私は入り口の近くに無造作に積んである箱を開けた。

そして私はその中の一つを手に取った。

それは、アルファイという魔物の心臓だ。アルファイは魔力が多く自己回復能力が高い魔物だ。実物は見た事がないけれど、それ程強い魔物ではないらしい。

私はそれに魔力を流す。

すると、魔力がくるくると心臓の周りで回りだした。素材の状態に問題はないようだ。

ミカゲが持っていたポーションの材料はこれだ。これに通常のポーションと同じように数種類の薬草と魔物素材を使って作る。

アルファイの心臓を増やす分、ポーションに必ず必要な値段が高い魔物素材の量が少なくすむ。なので、ミカゲが持っていた呪いを抑えられるポーションは、単価は従来のポーションより若干安い。

アルファイの心臓自体はそんなに用途があるものではないようで、見つかれば安いけれどあまり出回っていない。呪いに効くポーションのレシピが出回れば、もしかしたら高騰するかもしれない。たくさんいる魔物なのだろうか。

しかし、ミカゲの呪いを解くには、これだけでは足りない。でも、私は研究室であたりをつけていた素材を、この部屋ですでに見つけていた。

自己回復と言えばドラゴンだ。ほんの少量で事足りるとは思うが、通常はなかなか手に入らないものだ。本当に使っていいのか心配だけど、仕方ない。

実験もある程度重ねる必要があるだろう。効果が大きい素材は、扱いにも練度がいる。ドラゴンは扱った事がない。研究に使っても量が十分にある事にほっとする。どれぐらいで扱えるようになるだろうか。

「やっぱり調合道具もないから、揃えてからじゃないと駄目かな……」

薬草もここにはなさそうなので、その辺も必要だ。

魔物素材がたくさんある割にその辺のものは何も揃っていないので、ここの家主は凄腕の冒険者なのだろうか。

強い人が呪いを受けやすいと言っていた。易々とこんな豪邸を貸してくれるとはミカゲと家主は相当な関係だ。ミカゲが呪いを受けているので、もしかしたらその関係で恩がある人かもしれない。そうしたら、ミカゲの呪いが解ける事で、家主へのお礼になる可能性もある。

そう思って、魔物素材はありがたく使わせてもらう事にする。

違ったら、ともかくお金を受け取ってもらおう。これだけの素材を持っている人にお金が必要なのかはわからないけれど、気持ちは伝わるはずだ。

ミカゲの呪いを解かないという選択肢は当然ない。

とりあえず必要なものをメモして、あとでミカゲと買い物に行く事にする。一人でも行けるけれど、ミカゲからは、外に出るときは必ず自分を伴うように強く言われているのだ。義理堅い。

……ミカゲが居てくれる生活に慣れてしまいそう。

今日はトマトを使って煮込み料理にしよう。

全然関係ない事を思い浮かべ、私は不安を忘れる事にした。

ミカゲは夕方になって帰ってきた。

ちょうど夕食もできている。今日はモツをメイン具材としたトマト煮込みだ。ハーブと共に長時間煮込んだので、柔らかでいい香りがしている。自分だけだと作らない彩りのいいサラダと、美味しい白パンもある。

「ごはんできてますよー、食べますか？」

私が声をかけると、ミカゲは嬉しそうに笑った。

「金をもらってるのに、一人にして悪かったな。いい匂いがする」

「いえいえそんな！　あんなにたくさんの素材を見せていただいて、すごく楽しかったです。後、必要なものをメモったので、明日買い物一緒に行きましょう」

「おう。詳細は食べながら話そう。腹減った」

そう言って、ミカゲはなんだか疲れた顔をした。忙しかったのだろうか。

私は慌ててお皿を並べ始めた。すると、ミカゲも手を洗ってから一緒に食事の用意をしてくれる。

一緒にやる作業に嬉しくなり、思わず笑ってしまう。

「どうした？」

「いえいえ。お口に合うといいんですが。いただきます！」

「いただきます。……この煮込み美味しいな！」

食べ始めると、ミカゲは料理を褒めてくれる。進みもいいので、ミカゲはやっぱりトマト味が好き。間違いない。

「素材の部屋は気に入ったか？」

「気に入ったどころじゃないですよ。保存状態も素晴らしいですし、使ってみたいものだらけでした！　眼福って奴ですね」

「良かったな」

そう言ってにこにこと笑いながら、ミカゲはどんどん食べ進んでいく。男の人って良く食べるんだな。

多く作ったと思っても、みるみる減っていくのが楽しい。

「足りそうですか？　まだありますよ」

声をかけると、ミカゲはもっと食べるらしい。ミカゲと一緒に食事を取るようになって、自分もつられてたくさん食べている気がする。健康的だ。

「ありがとう。それで、目当ての魔物素材はあったのか？　あの部屋のものならどれでも好きに使っていい」

「魔物系の素材は充実しすぎているほど充実しています。けど、ポーションを作るには薬草も足りないですし調合用の道具もありません」

「調合自体は見た事があるけど、具体的な手順はわからないな。調合魔法以外に何が必要なんだ？」

「魔法も使いますが、他にも調合箱と呼ばれる調合用に補強されたガラスの箱みたいなのもいるんですよ。薬草とか刻まないといけないですし、結構手作業も多いです」

「そうなのか。だから料理もうまいんだな」

「わわわ。……美味しいですか？」

「ああ。味付けが好きなのかもな。すごく美味しい」

さらっと言う言葉に照れてしまう。意識せずにこんな事を言えるなんて、ミカゲは女慣れしていそうだ。

何故か恨めしい気持ちになり、じとっとミカゲを見つめてしまう。

「……なんだよその顔は」

「いえ。なんでもありません。明日は荷物持ちお願いします！」

「それはもちろん。お嬢様」

ミカゲは私の視線を余裕でかわし、にっこりと笑った。

「あ、あと追加で頼みたい事がある。ポーションの作製を頼みたい」

「ポーションを作ってほしい、ですか？」

私は目を瞬かせる。

今の話の流れからして作る気満々だったので、まさかそういう約束をしてなかったとは思わなかった。

疑問が顔に出ていたようで、慌てた様子でミカゲは言葉を重ねた。

「そっちじゃなくて、普通のポーションだ」

「ああ良かったです。私すっかり作る気だったので、勘違いだったかと」

「いや、そっちはもちろん作ってほしい。よろしく頼む」

「いえいえ！　作らせてください！　それに素材はミカゲさん持ちですし」

「それで、薬局を開こうという話があったけれど、先行して冒険者仲間に融通してやりたくて……」

下を向いてそう言うミカゲに、私は閃いた。

ミカゲの友達であるならば、そう強い冒険者じゃないのかもしれない。格安で譲ってあげたいという事だろう。

「わかりました！　安く作りますね！」

私はしっかりとミカゲに頷いたが、ミカゲは何故か呆れた顔をした。

「なんで急に値段の話になったんだ？」

「素材は使っていいから、俺の友達に安くポーションを譲ってやりたい……あいつらには、世話になっているんだ、的な話じゃないんですか？」

「あいつらって誰だよ」

「ミカゲさんのお友達です」

ミカゲはかなり渋い顔をした。それでも、しぶしぶ認める。

「まあ……大筋は間違っていない。友達ではないけれど」

友達をかなり強めに否定する。悪友って奴だろうか？　友達が居ない私には良くわからないけれど、ポーションを融通したいとは優しい関係に違いない。

「明日のお買い物で、ポーションの材料は多めに買わないとですね！」

私がにっこり笑って言うと、ミカゲは素直に頷いた。


そして二人で連れだって、薬草や道具を扱っている素材店に来た。

この城下町には何店舗か薬草を取り扱う店があるが、王城で勤務しているときに取り引きのあったお店にした。ミカゲに聞いたら、入った事はないが店の場所は知っていた。一般販売もきちんと行っているようなので良かった。

「いらっしゃいませ」

お店に入ると、真面目そうなおじさんがほほえみながら迎え入れてくれた。

店内には調合に使う道具や薬草が所狭しと置いてある。魔物素材は箱に入れてあり、鍵がかかっているのが見えた。声をかけないと見られない仕組みなのだろう。

「こんにちは。薬草を見せてください」

「ご自由にご覧ください。状態を見たい場合や質問があればお声がけくださいね」

対応はとても丁寧で安心できる。私みたいにみすぼらしい人に対しても、まったく感じ悪くないのはすごい。ミカゲも今日は綺麗な服を着ているが、帽子を深々とかぶっていてなんだか怪しげだ。

せっかく綺麗な顔なのにもったいないな。

私の気持ちには全くお構いなしで、ミカゲはぴったりとくっついて護衛の役割を果たそうとしているらしい。

色々見たくなるが、とりあえずポーションの材料に絞って見ていく。薬草は粉になっているものもあるが、私が欲しいのはそのまま乾燥させてあるものだ。

乾燥状態が悪かったり必要な大きさまで育っていなかったりする事があるので、一つ一つ注意して見ていく。

王城に卸しているぐらいだから当然だが、品質は悪くなさそうだ。薬草は量も種類も問題ない。

「ここって調合箱は置いてありますか？」

「お嬢さんが調合するのかい？　初心者用もあるよ」

「いえ……できれば上級で」

調合箱とは薬を調合する際に使用する魔法で強化されたガラスの箱だ。この箱の中に魔力を満たし、材料を混ぜる役割をする。そしてこの中で調合すると、不純物が入らない利点もある。

初心者用と上級者用の違いは、耐久力だ。強ければ強いほど、たくさんの量が速く作れるが、その分コントロールが難しくなる。あと値段が圧倒的に高い。

今の私はお金持ちだ。ミカゲに作るためにも、薬局を開くためにも必要な投資だ。必要な投資だ。……自分に言い聞かせないと、初心者用のものを買ってしまいそうになる。心が弱い。

おじさんは私の注文に少なからず驚いたようだったが、口には出さずに見やすいように棚から品物を出して机の上に置いてくれる。

「魔力を流してもいいですか？」

調合箱の見た目はとても綺麗だった。しかし、それだけでは品質はわからない。おじさんに許可を取り、魔力を流していく。ゆっくりと魔力を通していくと、箱の中で均一に魔力が広がっていく。

自分の感覚ともズレはなさそうだ。最後に魔力をぎゅっと固めて丸くする。これも問題ない。

「お嬢さん……魔力の扱いが、ずいぶん上手だね」

私が魔力を流しているのをじっと見ていたおじさんが、感心したように言ってくれた。

「ありがとうございます。ポーションを作るのは割と得意なんです」

私が照れながら言うと、おじさんはそれなら、と別のものを出してきた。

「これなんかもいいよ！　上級者用の中でもちょっと扱いにくいから通常は薦めないんだ

けど、お嬢さんなら使いこなせるんじゃないかな」

そう言って目の前に置かれたのは、先程と見た目がほぼ同じの調合箱。だけど。

「すごく、薄い……」

ガラスが今まで見たものと段違いに薄い。加工には多少の差はあるものの、ここまで薄いものは初めて見た。

「そうなんだよ！　薄いから強度が低いなんて事はないし、魔力の伝わりも通常の比じゃないぐらい良い。ただ、その分コントロールが厳しくなるから、人気ないんだよねえ」

おじさんは残念そうに言った。魔力のコントロール次第で、ポーションの出来は変わってくる。ダイレクトに伝わるという事は、繊細でなければいけないという事だ。しかし、その分細かい調整もしやすくもある。

私は魔力の扱いは得意だし、作りたいポーションは魔物素材の魔力だけでなく自分の魔力も混ぜていくようにして作るので、すごくお誂え向きだ。

魔力を流すと、先程とは比べ物にならない程、魔力の通りが良かった。先程と同じように魔力を流しても、少しのズレで揺れを感じる。

「私、これにします！　魔力の伝わり方がすごいですね！　こんなの初めて見ました。私がやりたい事と、とっても合っています！」

私が感動していると、おじさんは嬉しそうに笑った。

いる。

「おー嬉しいな。これ自体は値引きできないけど、薬草の方はおまけするよ！」

「それは助かります！　今日はたくさん買おうと思っているので」

私とおじさんが盛り上がっていると、ちょっと離れたところでミカゲが引いた顔をしている。

「リリー、だいぶテンション高いな……」

「す、すみませんつい」

調合の話になると、周りが見えなくて駄目だ。すっかり楽しくなってしまっていた。

「いやいや、楽しそうでよかったよ。荷物ならいくらでも持つから、たくさん買えよ」

結局ミカゲには、そう優しい口調で返されてしまう。恥ずかしい。

「仲良しな夫婦だねえ」

おじさんにそうしみじみ言われ、私たちは慌てて否定した。

支払いは何故かミカゲがしてくれた。お金持ち説がますます有力になっていく。

初めて会った日は、お金がなくて苦しい生活だからギルドから離れられないのかと思っていた。けれど、ミカゲはすぐさま死んでしまうような貧しさではないし、あの日以来身なりも綺麗だし立ち居振る舞いもどちらかと言えば優雅だ。あんな風にギルドに高圧的な態度をされる理由がわからない。

それでも、私の申し出に助かったというのは本当そうで。かなり謎が多い人物だと思う。

「お腹すいてるのか？」

なんだかミカゲはすぐに私に食べ物をすすめてくるな。

食べ物を与えないと機嫌が悪くなるとでも思われているのだろうか。

ミカゲから見た自分の姿に疑問を持ちつつも。

「お腹はそこそこですが、荷物をいったん置いたら広場でごはんを食べましょう！」

お誘いはせっかくなので乗る事にした。


食事を終え家に戻った私たちは、早速素材部屋に荷物を運び込んだ。買った調合箱を使ってみるのだ。

「じゃあ、試しにポーションを作ってきます。終わったら声かけますね」

部屋の隅に置いてあった机の上に調合箱を置いてくれているミカゲに、私は声をかけた。

「見ていたら駄目か？」

ポーション作製中は暇だろうと思いそう伝えたが、ミカゲは寂しそうに聞いてきた。もしかしたら、本当に呪いを解けるような技術を持っているか確かめたいのかもしれない。

特に断る理由もないので、私は頷いた。

「退屈だったら、いつでも出て行って大丈夫ですからね」

ミカゲは少し離れたところに椅子を置いて、ゆっくり見る事にしたようだ。

人から見られることは、学園でも多々あったのでそこまで緊張はない。

「じゃあ、はじめは薬草を細かく刻んで、調合箱に入れます」

ミカゲが飽きないように、材料を紹介してみる。ミカゲは不思議そうな顔をしながらも手を叩いているので、喜んでいるようだ。

「薬草は、基本的に細かく刻みます。その方が効能を引き出しやすいです。魔物素材は、自分の魔法で破砕して使います。魔物素材はナイフで切るとちょっと素材の質が落ちる気がするんですよね。ナイフで切る人も多いですけど」

「人によって違うところがあるんだな」

「そうですね。そこまで他人の調合は見た事ないですけど、それぞれこだわりはあると思います。基本的にレシピと呼ばれるものはありますが、作製者の癖があったりとか。珍しいもののレシピは結構教えてもらえない事が多いですね」

「……リリーは、呪いを解くポーションのレシピを公開してたんだよな？」

「上司にだけですけどね。研究の為だったので、そこまで重要視してなかったんです」

「利権もあるから、その辺はしっかりしろよ」

「そうですね……。今後は気をつけたいと思ってます」

強い注意にしょんぼりしていると、ミカゲは困ったように笑った。

「気をつけてほしいだけだ。怒ってるとかじゃない」

「うん。わかってます」

「リリーは、すごいよ。薬草を切るのもうまいな。速いし、均等だ」

「確かに包丁使いはうまくなるかもしれませんね。あ、これ家主さんの刃物置き場から借りたものですよ。いつかきちんと返します」

褒められて、嬉しくなる。薬草を切り終わり、次は魔物素材の粉砕だ。私はポーションの基本となるアルファイの心臓を見せた。

ミカゲは返す必要はないけどな、とつぶやいた。

魔物素材の粉砕は簡単だ。素材に魔力を均等に流すと、魔力が飽和して素材が粉砕されるのだ。

「えいえい」

魔物素材はすべて調合箱に入れて、私が魔力を込めると、あっという間に粉々になる。

「おいおい。すごく気合いが入ってなさそうなかけ声でやったけど……これ、すごく難しいだろ？」

「そうですかね？　魔力を流せばいいんですよ」

「大きさも揃ってない素材に対して、均等に魔力を流すって相当だぞ」

「うーん。練習しましたからね。ミカゲさんも冒険者として魔法を使ったりしてますよね？」

ミカゲが戦ったりしているところはいまだに想像できないが、冒険者だというのは間違いない。私が軽い気持ちで聞くと、ミカゲは気まずそうに斜め下を向いた。

「……あーそうだな。魔法を使う事もある。剣で戦う方が多いとは思うが」

「そうなんですね。魔法使う感じだったので、ちょっと聞いてみました。ええと、後はここに先程の刻んだ薬草を入れます」

ぱらぱらと刻んだ薬草を入れる。調合箱の中で、ただの粉の上に緑や茶色っぽい草がのっている状態だ。見た目はとても地味だ。

「これって、通常のポーションのレシピ、じゃない？」

「え？　そうですよ。せっかくなので呪いを解くポーションの試作品一号です。研究が出来ていないのでちょっとした改良レシピ止まりにはなってしまいますが。アルファイの心臓だけでは前のポーションになるので、これにドラゴンを加えます。アルファイの心臓って値段は安いですけど、流通量が絶対的に少ないですよね。たくさん捕るのは難しかったりしますか？」

「……アルファイは、倒すのが面倒なんだ。呪いを解くポーション、本当に、できるのか？」

ミカゲは、口元を押さえて呟いた。それが、期待しないようにしている仕草に思えて、私は途端にミカゲを抱きしめたい気持ちになる。

しかし、当然そうは出来ないので、気安い感じで笑った。

「作るって言いましたよね。私、割といい腕してるんですよ。完成品を見せるのはちょっと先になるとは思いますが、まずは見ていてください」

「……楽しみだな」

ミカゲの期待に応えたい。と言っても、難しい事はない。素材は揃っている。後は繰り返すだけだ。そんなに遠くない未来に完成できると確信している。

私は希少なドラゴンの素材も魔力を込めて粉末にした。

ドラゴンは粉末にするために込める魔力が多くてびっくりする。飽和量がこんなに違うなんて驚きだ。素材は奥が深い。更にドラゴンの素材からは、何か抵抗のようなものを感じた。

このドラゴンの素材の力を全部引き出すのは、まだできない。今日は仕方がないと諦めるしかないのが悔しい。

私は調合箱を挟むように手をつける。そして、そのまま内側に向かって魔力を込めた。

「通常は調合魔法で凝縮と解放を繰り返して液体状にします。でも、プラスしてここで聖魔法を流し込むんです」

聖魔法とは回復系統の魔法の事を言う。あまり実験は出来ていないけれど、素材を凝縮させつつ魔法を溶かし込むようにする。

調合によって液体になってきた素材は、通常の時と違い薄く光っている。これが、聖魔法を入れた時の反応だ。上司からは、何度やっても光る事はない、インチキだと言われたけれど、普通に入れればいいだけだ。調合魔法が効いているうちに聖魔法を流し込むイメージだ。全く伝わらなかったけれど。

そうして、調合と聖魔法を繰り返していくと、素材は完璧な液体になった。混ざりきると、液体の光も消える。やっぱりこの調合箱はすごく作りやすい。いつもより速く作れた気がする。

『定着』

最後に、定着の魔法をかける。これはポーションの状態が劣化しないようにかける魔法だ。薬師しか使う事がないけれど、これが意外と難しいらしくかけられない人も居る。魔法は同じでも、物によって術式を変えなければいけないので、上級ポーションでもかかっていない場合もある。逆に定着専門で働く人も居るらしい。

私はどれも苦手ではなかったので、誰かに頼んだ事はないけれど。

ミカゲにはすぐ飲んでもらうのに、つい習慣でかけてしまった。

何はともあれ、出来たのでそのまま液体を魔法で浮かせて瓶に移し替える。そしてぎゅっとふたをする。

見た目はただの単純な薄緑色のポーションになった。

私は鑑定を行った。呪いに効くポーションにはなっているようだ。ほぼ王城で作っていたポーションの割合だったので、無事にできて良かった。

一からレシピを作るには、流石に何度も調合を繰り返さなければならない。

改良版とはいえすぐに作る事ができたのは、もともとある程度完成していたのと、研究時に使えなかったけれどこれだというほぼ確定の予想があった為だ。ほっと息を吐く。

「はい。出来ましたよ！」

私は、ミカゲにポーションを差し出した。

ミカゲは何故か眩しそうに眼を細めて、それを受け取った。

✦

「……ありがとう」

リリーに差し出されたそれを受け取ったミカゲは、何か言いたいのにそれ以外の言葉が出てこなかった。

リリーは何でもない感じで調合をしていたが、それがとんでもない技術だという事がミカゲにはすぐわかった。

魔力コントロールが素晴らしく正確で、信じられないぐらいに繊細だった。魔物素材も、通常は粉にするのは魔法などではなく人力で乳鉢を使う大変な作業だ。

それに、聖魔法を入れるというのは全く意味がわからなかった。調合自体、素材の持つ魔力を混ぜるような作業であり難しいと聞く。その作業をしながら、更に自分の魔法を入れ込む？　そもそも、魔法って混ぜられるのか？　ミカゲは手順を説明され実演を見たけれど、それでも疑問だらけだった。

ミカゲもSランクとして、薬師と接する機会は少なからずあった。しかし、こんな簡単そうにこんな高度な調合をする人は居なかった。

更にこれが通常のポーションだったとしても、圧倒的に、速い。

ポーションを作れるのは、一日に十本程度だと聞いている。上級に至っては、一日に一本、二本作れる人はまれだと。

しかし、それよりも更に高度だと思われるこのポーションを作製して全く疲れた様子もなく、目の前でにこにこと笑っているリリーに驚きしかない。

「前のよりもちょっと効きがいいはずなんですよね。ミカゲさんは魔法を使うでしょう？　呪いのせいで少し動きが悪いはずで、それは一時的にですが良くなると思います」

リリーが何か説明しだしたが、どうもギルド経由のものと効果が違うらしい。そもそもミカゲは魔法を使うがリリーには先程聞かれた以上の事を伝えた事はないはずで、呪いによって自分の中で違和感程度の違いがあるだなんて事がなぜ判るのだろう。

もう、何もかもがミカゲにはわからなかった。

だが、手の中にある、緑色の液体。それを、いつ飲むんだろう？　と嬉しそうにじっと見つめているリリー。純粋なだけの彼女に、息苦しくなる。

ミカゲは、震えそうになる手でポーションのふたを開けた。

「リリー、一つ確認いいか？」

「なんでしょう？」

「これって、飲む奴だよな？」

「はい！　今までのポーションと同じです！」

ちょっと確認すると、リリーは当然だと頬を膨らませた。ポーションと言われても、今までのものと全然違うのだからミカゲの疑問は正しいはずだ。

しかし、本当に少し手を加えただけという風に思っているらしいリリーを見ると、馬鹿らしくなる。目の前に居る姿は普通の可愛い女の子なのに、規格外すぎるだろ。

「じゃあ、……飲むな」

「味は保証できないですけどね」

そう言ってほほえんだリリーに思わず笑ってしまう。そして、その勢いのまま、ポーションを一気に飲み込んだ。

飲み込んだ瞬間、身体の奥に痛みが走る。しかし痛みは一瞬ですぐ引いた。

自分の身体がどうなったかは、はっきりはわからない。ただ、何かが軽くなった気がした。

そして。

ミカゲのその様子を見ていたリリーは、嬉しそうに笑った。

「良かった！　ちゃんと呪いによる阻害はなくなりましたね」

「……本当に」

うまく言葉が出てこない。忘れた事がない呪いが解ける日がくるかもしれないなんて。

まだ希望は捨てていなかった。それでも、あきらめの気持ちがもうずっと抜けなかった。

Sランク、なんて肩書きが虚しかった。

このまま、自分にも未来があるのだろうか。

「ふふふ。疑い深いですね。呪いの為に動きが変だった魔力の流れはなくなりました。残念ながらまだ呪われていますが、方向性は間違いない事がわかりましたよ」

「ありがとう。本当にありがとうリリー」

ミカゲは感動の気持ちのままにリリーをぎゅっと抱き寄せた。腕の中でばたばたと暴れているが気にしない。体温がとても温かい。ミカゲは構わずリリーの肩に頭を寄せた。

「ミ、ミカゲさん……恥ずかしいし苦しいですー」

「もうちょっとこのままでいてくれ。俺の喜びを表しているんだ」

「この方法は、ちょっとどうかと思いますけど……今日だけですよ」

許可が下りたので、思う存分抱きしめる事にする。

「この恩は絶対返すから」

「うーん。私、今の生活とっても楽しいんです。今まで、自分にお金を稼ぐ事以外に価値があるかいまいちわからなかったんですが、そういう事じゃないんだなっていうのもわかりましたし。今までも、お仕事自体は楽しかったですが、今は誰かの助けになる為に働くのも楽しそうだなって思いました。そう思える事が嬉しいんです」

危ない人に抱き着かれながらも、照れて嬉しそうに話すリリーには危機感がない。これは危ない。

他人事のようにミカゲはリリーの貞操の危機について思いを馳せた。

そして、驚くほど細いその身体にも。

「それに、ミカゲさんといて、初めてごはんを作るのも食べるのも楽しいって、思えたんです」

あの家族は早く処分しなければ。

リリーの健気な言葉を聞く度に、ミカゲのストレスが酷い。早いところ限界がきてしまうかもしれない。

「俺も、リリーと食べる食事は美味しく感じるな」

「本当ですか？　……うれしい、です」

ミカゲの言葉に、リリーは目を瞬かせた。そして、嬉しそうにミカゲの胸に顔を寄せた。

その甘えるような仕草に、ミカゲの心臓は急にどきどきと大きな音で鳴りだした。頬がかっと熱くなるのを感じる。

リリーの事を思い切り抱きしめたいのに、壊しそうで怖くなる。それでもやっぱり、このまま抱きしめていたい。

今までにない感情に、ミカゲは慌ててリリーを離した。

「本当にありがとうリリー！　と、ところで昨日頼んだ普通のポーションって作れそうか？」

赤くなった顔が見られないかと心配になりつつ、顔をそむけて別の話題を振る。

今ポーションを作ってくれた恩人に更に催促するという図々しい人になってしまった事に気が付き、後悔する。最悪だ。

「ポーション……？　そうだった。お友達の分ですね！　ちゃんと忘れず材料は買ってありますよ」

リリーはミカゲの様子に気づいた様子もなく、やる気を感じる声で笑った。

そしてそのままくるりとミカゲに背を向け、準備を始める。

名残惜しそうにあげたままになっていた手を、ため息とともに下ろす。

「申し訳ないけれど、とりあえず五十本は用意したい。どれぐらいでできる？」

ミカゲが尋ねると、リリーは準備をしながら答えた。

「明日中には渡せると思います」

ミカゲは自分の常識が良くわからなくなった。

ともかく、リリーはすごい。

ミカゲは呪いから解放されるという確信を持てた。もう、身体が動かなくなるという恐怖から、解放されるのだ。

呪いさえなくなれば、リリーの求める、ずっと一緒に居る誰かにもなれる。

じわじわと、その希望がわいてくる。

あの時は、リリーとずっと一緒に居られるかわからなかったから。しかし、これからはそうじゃなくなる。そして、ミカゲは、この少女とずっと一緒に居たいと願っている。

その実現に必要な事は……。

「とりあえず、前の家族とはさっぱりすっきりしてもらおう」

「？　何か言いましたか？」

「いや、こっちの事」

ミカゲはリリーに向かって優しくほほえんだ。

「出来た出来た」

出来上がった五十本のポーション瓶を前に、私は達成感を感じていた。

ミカゲのポーションも問題なく作れたし、通常のポーションも今までの感じと変わらず作る事ができた。ブランクはあったけれど、問題なさそうだ。

でも、ミカゲはこんなにたくさんのポーションをどうするのだろう？　材料費はミカゲ持ちだったし作製料もくれるという事だったけれど、なかなかの額になるはずだ。

お友達にあげるにしては、大盤振る舞いではないだろうか？

このずらっと並んだ瓶を見たら、やりすぎな現実に気づいたりするかもしれない。

そんな私の心配をよそに、ミカゲにポーションの完成を話すと手放しで喜んでくれた。

ポーション瓶は確かに大きくないが、五十本もあれば相当の重さのはずなのに、木箱を軽々と持っている。ミカゲはすぐに配りに行くと、出て行った。護衛が居ないので外に出ないよう言い残して。

そして、留守の間のお守りと言って渡されたものを手に持って、私ははっきりと戸惑っていた。

「これって、お守りじゃないじゃない……」

ミカゲがお守り代わりにと置いて行ったものは、小さな家の形をした魔導具だった。見た目は愛らしいが、玄関以外から家に入ると警告音を鳴らす。そして、その警告音で離れなかった場合は攻撃するという恐ろしいものだ。

そんなものをお守り代わりに置いていくミカゲの心配性ぶりに、びっくりしてしまう。

そしてこれは間違いなく高い。仕組みも気になる。

流石に人から借りたものは分解したりはしないけれど。……うん……しない。

手に取っていると誘惑に負けてしまいそうだったので、それを手から離す。

名残惜しい気持ちになりつつも、素材の部屋に向かう。

薬草類は、ミカゲと買い物に行ったときに馬鹿みたいに買ったので豊富だ。これで、今日はポーションを作ろう。

ミカゲから薬局をやらないかと言われたときは、全然現実感はなかった。それでも、ミカゲと話していると新しい事にチャレンジしたいという気持ちになった。

それに、下心もある。

呪いが解けて契約期間が終われば、何もしないとこの関係は終わってしまう。

薬局をやっていれば、冒険者であるミカゲとのつながりが持てるという事だ。ミカゲはギルドで定期的に仕事を受けなければいけなそうだったから、ポーションを必要とするだろう。

ミカゲには特別価格で譲ってもいい。もちろん無償であげてもいいけれど、そうすると遠慮して来なくなってしまうかもしれないし。

そこまで考えて、私は両手を頰にあてた。

「下心、ありすぎかも」

会いたい気持ちだけで、薬局を開きたいわけじゃない。ちゃんと、薬師という仕事自体も楽しい。

きっと、他の人の役に立つ事もできる。この、何にもなかった私が。

薬師だったおかげで、ミカゲの呪いを解ける事が嬉しい。

……結局、ミカゲに戻ってしまう。

こんな短時間で、こんなに人を好きになる事があるんだろうか？

初めて優しくされたから？

いや、こんな私でも学生の時は仲良くしてくれる人も、居た。

でも、こんな気持ちにならなかった。

何故だろう？

今は私とミカゲは雇用主と被雇用者だ。お金を介した繋がりである。

三ヶ月後、ミカゲはお金を払わなくなった私との関係を、続けてくれるのだろうか。

いや、そうならない為に、努力するのだ。

努力は得意だった。ずっとずっと、誰も居ない部屋で延々と勉強していた日々を思い出す。

積み重ねは、きっと力になる。ミカゲに対しても、信用を、積み重ねるのだ。

まずは、薬師としての実力を見てもらう。そして、薬局を開く。安定して供給できる事を証明して、お客になりたいと思ってもらう。そして、徐々に距離が縮まるように信用を勝ち取る。

そうして最終的には友達の地位を、手に入れるんだ。

欲深い自分に恥ずかしくなりながら、私は魔物素材を探った。

まずは、ミカゲに渡したポーションをもう五十は作ろう。ミカゲに渡したポーションは低級だ。中級、上級と続き、私はそれにプラスして特級のポーションの研究を進めていた。

中級と上級は数本作るとして、特級の研究を進めるのがいいだろう。

薬師としての実力を見せつけるのだ。成功すれば、討伐時の安心感もあるだろうし、きっときっと、頼りにしてくれる。

そして、この作戦の一番重要な事は、他の店にはないという事だ。必要になれば、必ず私のお店に来る事になる。

私は、とてもやる気が出て、ひとつひとつ魔物素材を厳選していった。

ここにある魔物素材は、改めて見ても本当にすごい。

私は、どきどきしながら、一つの魔物素材を手に取った。

緑色の葉のように見えるこれは、スウェンという魔物の上に生息する、一見植物のような虫だ。この素材は何に使えるだろうと考える。

圧倒的に知識が足りない気がする。薬局として必要なものはなんだろう？　街にある他の薬局に行ってみようかな。敵情視察だ。争わないかもしれないけど。

そもそもポーションはお店で買うものだったのだろうか。今まで考えた事もなかったので、良くわからない。王城では、作製したポーションに関しては騎士団に納品されると聞いていた。

「ギルドに連れて行ってもらうのが、いいのかな？」

ミカゲは薬局を営むのはどうかと言っていたし、付き合いのある人が居るのかもしれない。ギルドに納品させてもらう事は可能だろうか。

作製は割と得意だと思うけれど、どんなお店にしたいかも考えなくては。

接客はあまり得意ではないけど、話を聞いて調合を考えるのも面白いかもしれない。

まだまだ研究途中だけど、こういうものが欲しいというゴールが見えている研究も面白そうだ。その場合、待たせた結果出来ませんでしただと仕事としては成立しなくなってしまうけれど。

そう悩んでいると、ポーンと聞いた事がない音が家に響いた。呼び出し音だ。

来客だろうか。私はこの街に訪ねてくる知り合いは居ないので、ミカゲのお友達かもしれない。

そう思って、そうっと階段を下りる。

ミカゲのお友達なら、出ない方がいいかもしれないので、なるべく足音を立てないようにする。そして、のぞき穴から、外をうかがう。

「……！」

声が出そうになるのを、慌てて両手で口を押さえて我慢する。

まさか。

心臓がばくばくしている。いつの間にか、身体も震えている。私はドアに背を向けてしゃがみこんで、膝を抱えた。

ドアの外に居る、先程見えた人物が信じられない。

私とは違う、ぴかぴかに磨かれた金髪。緩くカールしたそれは、背中にかかるほどの長さで豪華だ。線が細く、儚い美少女。記憶よりも派手なドレスを着ているけど、見間違えるはずがない。

あれは、私の妹だ。

貴族のもとに嫁いだのに、何故ここに？　そもそも何故ここがわかったの？

会いたかったはずなのに、会いたくない。

ここは、私とミカゲの場所だ。

また、お金だろうか。それともお金を払えば、今度こそ愛してくれるという話だろうか？

何も言わずに私を置いて行ったのに、何故。

ぐるぐると、考えがまとまらず廻っていく。声も出せずにただじっとしていることしかできない。早く帰ってほしい。

誰からも応答がない事にじれたのか、呼び鈴が壊れている事を危惧したのか、アンジェは直接ドアを叩き始めた。その振動は、ドアに背中がくっついている私に乱暴に響いた。

緊張で身体がこわばる。

「すみません。どなたかいらっしゃいますか。ここにリリー・スフィアが居るという話を聞いたのですが」

誰から聞いたのだろう。

その声は、私を蔑んでいる聞き慣れた声ではなく、まるで猫撫で声だ。誰からも愛される、私の妹アンジェ。この声がともかく可愛くて、彼女の言う事を聞きたくなると男の子たちが話しているのを聞いた事がある。

そして、突然私はそれに思い当たった。

ミカゲに、会わせたくない。

このまま私が返事をせずにアンジェを帰せば、またいつかやってくるだろう。そうしたら、いつかはミカゲと会ってしまうかもしれない。

いや、もしかしたらこのままこの家の前に居て、帰ってきたミカゲと会ってしまうかもしれない。

それは嫌だ。

自分に、こんなに強い感情がある事に驚く。

家族の言う事は間違いないと思って、ずっと従ってきたのに。今は、家族に会いたい気持ちよりもずっと、ミカゲとの生活を守りたい。

三ヶ月。

たった三ヶ月私がしあわせに暮らす事すら許さないのだろうか。

私から、この生活も奪うつもりなのだろうか。そう思ったら、もう駄目だった。こんな風に座っては居られない。

私は立ち上がり、震える手で、ドアを開けた。

開けたものの、どうしてか息苦しくなり、アンジェと目を合わせることが出来ずに彼女の靴をじっと見てしまう。

俯いたままの私に、先程とは違う苛立った声がかけられた。

「リリー。やっぱり居たのね。早く出てくれないと困るでしょう？」

従うのが当然だと思っている声は、聞き慣れたものだ。姉と呼びたくないと、アンジェは私の事をいつでも呼び捨てにしていた。

「……今更、何の用なの？」

私はかなりの勇気を持って聞いたのに、アンジェは気にした様子もなかった。そして、そのまま私の隣をすり抜け、中に入ってくる。

「早く出てこないから、留守かと思った。それにしてもいい家ね。何であなたがこんな家に住んでいるの？」

言外に言われる不相応に、私はまた俯きそうになる。

「私の家じゃないわ。……お友達の家よ」

正確にはミカゲのお友達だけど、そんな事を説明しても仕方ない。

「リリーに、こんないい家に泊めてくれるお友達なんていたのね。意外だわ」

本当に意外そうにそう言うアンジェは、いつもお友達に囲まれていた。私は、勉強以外は必要ないと言われ、それを羨ましく見ていた。

どんどん卑屈な自分の気持ちが戻ってくる。ミカゲと会ってから、何でもできるような気がしていたのに、あっという間に元に戻ってしまった。

これがやっぱり本来の自分なのかもしれない。

「リリー。お願いがあるの。ポーションを作ってほしいの。薬師だしすぐ作れるでしょう？　出来るだけ早く多く作ってほしいわ。いつ取りに来ればいい？」

断られるとは微塵も思ってない素直な言葉に、違和感がすごい。どうしてこんな風にできるのだろう。

「そんな……。素材がないから、無理だわ」

素材自体はある。でも、それはミカゲのお友達のものだ。間違ってもアンジェに渡すものではない。

そう、勇気をもって断った私に、アンジェは馬鹿にしたように言った。

「そんなの、買ってくればいいだけでしょう？　しっかりしてよ」

「ポーションに使う魔物素材は、どこに売っているかわからないわ。私が街で売っているお店を知っているのは、薬草だけよ」

「そんなの、調べて買ってくればいいだけ。勉強は得意でしょう？　すぐに必要なのよ」

アンジェは、イライラした気持ちを隠しもせずに言ってくる。

「何故、ポーションが必要なの？　見たところ、怪我もしていないようだけど」

「そんな事リリーには関係ないでしょう。とりあえず頼んだわよ。出来るだけ多くね。最低でも十本は必要だわ。一週間後に取りに来るから。きちんと調べて作っておいて」

「……ポーションは高いわ。そんなにお金は払えるの？」

私が疑問を投げかけると、アンジェは心から驚いた顔をした。

「えっ。私からお金を取ろうとしているの？　家族なのに？」

それが何故なのか、本当にわからないようだ。

家族。

まだ、それを免罪符にしていくらしい。そして、私もまだ、家族に囚われているようだ。

「……そうだよね。わかった」

気が付くといつものように、口にしていた。握った手のひらに、爪が食い込む。

「そうでしょ！　家族は助け合わなくちゃ。じゃあまた、一週間後にね」

アンジェはとても綺麗な顔で笑い、上機嫌な足取りで手を振って立ち去った。


ミカゲがギルドと交渉して帰ると、居間の電気すらついていなかった。

いつもは、何かが煮えるいい匂いとリリーの笑顔で出迎えられるのに。

まさか。

ミカゲは慌てて部屋の中に入って気配を探る。しかし、そんな必要もなかった。リリーはいつもミカゲが使っているソファで、膝を抱えて、何かに耐えるように丸まっていた。その表情は見えない。

「リリー？　どうした？　怪我でもしたのか？」

体調でも悪いのかもしれないと、そっと肩に触れる。すると、リリーはビクリと身体をふるわせ、初めてミカゲの存在に気が付いたように顔をあげた。

「……ミカゲさん」

ぼんやりとした顔で呟いたリリーの顔は、涙で濡れていた。ミカゲは慌ててリリーの肩を掴んだ。

「おい！　大丈夫か、どこか痛いのか？」

探るように顔を覗き込むと、リリーははっとした顔をして慌てて涙を拭った。

「あっ。すみません大丈夫ですどこも痛くないです」

そして、まだ涙のにじむ瞳で無理に笑顔を見せた。その姿が痛々しくて、ミカゲは余計心配になった。

「どこも痛くないなら、どうして泣いているんだ？」

「……ごめんなさい。まだ夕飯は作れていないんです。ぼんやりしてしまって」

「何の話だ？　夕飯なんか今はどうでもいいだろう」

「いえ、任せていただいているのに申し訳ないです。それに、食材だってミカゲさんがお金を出してくれているのに……。私が……」

　混乱したように急に関係ない事を謝ってくるリリーを、ミカゲは怒りと共に見つめた。

　今ここに居るリリーは、過去を話した時と同じだ。自分に自信が全くない少女のような。

　何が、あったのか。

「リリー。落ち着いてよく聞いてくれ」

　ミカゲが怒りを抑え、静かに話すと、ようやくリリーはこちらをはっきりと見つめてくれた。

「リリーが雇い主だろう？　そんな風に言う必要はない」

「でも、契約では三食つけるって」

「今からでも食べに行けばいい。リリーが出してくれるなら」

　ミカゲは冗談でそう言ったつもりだったが、リリーは真剣な顔で頷いた。

「もちろん私が出します。ミカゲさんは好きなものを食べてください」

「いや、ごめん。そうじゃない……下手な冗談のつもりだったんだ。出してもらうとかじゃない。というかそもそも夕飯の話ではないだろ？」

リリーは思い当たる事がないようで、こてりと首を傾げた。その子どものような仕草はとても可愛くて抱きしめたくなるが、何故思い当たらないのか。

「他に何かありましたか？　あ！　ポーションの追加を作っておいたほうが良かったですか？　ちょっと思いつかなくてすみません。これから作製すれば明日の朝にはそんなに多くはないですが出来ると思いますので」

そう言って立ち上がろうとするリリーの肩を掴む手に力を入れる。リリーは立ち上がれずに、きょとんとした顔をしている。

「そうじゃない。ただ、リリーが心配なんだ」

このままではいつまで経っても伝わらなそうだったので、ミカゲは素直な気持ちをそのまま言葉にした。なんだかとても気恥ずかしい。たったこれだけの言葉なのに、リリーの顔をまともに見られない。

思い返せば、こんな風に人を心配する事なんてなかった。常に他人とは少し距離を置いていたし、仲間は死と隣り合わせではあるものの、それが常態だった。

守ってあげたくなるような、そんな気持ちは。

赤くなる顔を見られたくなくて、口元を押さえる。

しかし、あまりにもリリーからの返事がなくて、盗み見るようにそちらを見た。

リリーはぽかんとした顔をしていた。

「……なんだ、その顔は」

予想もしていなかった顔に、なんだか力が抜ける。顔が赤くなっていたのも引いた。

「心配？」

リリーは不思議そうに繰り返した。ミカゲも同じように不思議に思いながらも、もう一度繰り返す。やっぱり恥ずかしさはそのままだけど。

「そうだ。心配だから話してほしい」

「え？　心配ってミカゲさんがですか？」

「それはそうだろう。さっきから何が疑問なんだ？」

「……それってもしかしてなんですけど。ちょっと図々しいかもしれないんですが。ええと、確認してもいいですか？」

リリーが下を向いて言いにくそうに話す。もちろんリリーの話なら何でも聞きたいので頷く。

「もちろん大丈夫だ。後、何を心配しているかわからないけれど、図々しいなんて思わない」

ミカゲの言葉に勇気を得たのか、リリーはぐっと手を握って口を開いた。

「あの！　ミカゲさんが私の事を心配しているって事かなって……！」

本人は何か慌てているが意味がわからない。

ミカゲの言葉に、他の解釈はあっただろうかと、考えてしまう。全くわからないが、安心させるようにゆっくりと伝える。

「そうだ。俺が、リリーの事が心配なんだ」

わかりやすい程、リリーの顔は赤くなった。それを見たミカゲは、自分の頬も熱を帯びたのを感じた。

「そ、そうだったんですね。ちょっと、心配されるとか普段ない事なのでぴんと来なくて、ごめんなさい」

続いたリリーの言葉に、再び怒りが芽生える。あの家族のリリーの扱いは、本当に不愉快だ。

赤くなったり怒ったり呆れたり、自分の気持ちの不安定さにびっくりする。リリーは、ミカゲの気持ちを振り回す力に優れている。

「謝る必要はない。何があったか心配で、このままでは食事も喉を通らないかもしれないから教えてくれないか？」

冗談めかして本音を言うと、リリーはやっといつもの笑顔を見せた。

「いっぱい食べるミカゲさんがごはん食べられないのは良くないですね」

「そうだぞ。せっかく鍛えた体がしぼんでしまう！」

「ふふふ。弱そうになってしまうんですね。冒険者としてそれはまずいです」

ひとしきり笑った後、リリーは困ったように首を傾げた。

「……今日、家族が訪ねて来たんです。前に話した通り、ちょっと疎遠になっていたのでびっくりしてしまいまして」

言葉を選ぶように、リリーはたどたどしく話す。

家族。

自分のうかつさにショックを受ける。もうここまで来ていたとは。

確かに王城に問い合わせを行っていたとは聞いていた。だが、ポーションは供給したばかりだ。

ギルドには、特定の魔物素材が手に入りにくくなってしまった為、ポーションを融通するという話にしてもらっている。それ自体はミカゲが別の依頼に行っている時などに、たまにある話だ。

ミカゲに交渉の話が来るように量は多少絞っているが、それだけだ。

ポーション自体も高い値段でなく、通常価格で卸している。

なのにここに来ているという事は、自分が思っていたよりもずっとリリーの家族は腐っているという事だ。

ミカゲはリリーの家族を囲っている貴族に対して、ポーションによってリリーの価値を高めようとしていた。そして、価値がある相手との取り引きをちらつかせ、妹を囲っているという貴族を通して家族に対し謝罪をするように命じさせる予定だった。

どんなにリリーに対して傲慢な家族だとしても、貴族の命なら聞くだろうと。

リリーに直接謝れば、許そうと思っていた。

甘かった。

黙っているミカゲを勘違いしたのか、リリーが慌てたように更に言葉を重ねる。

「あの！　特に用事とかではなく、城下町に来たのでたまたま訪ねて来てくれたようです。でも、私がこの間も言ったように、ちょっと家族とうまくいってなかったのもあり動揺してしまって。それで……」

「そうだったんだな」

ミカゲがわかったというように頷くと、リリーはほっとしたようにため息をついた。

当然信じていない。ただ会いに来るような関係ならば、一言もなく引っ越したりはしない。そして、このタイミングだ。

でも、これ以上リリーに言い募っても仕方がない。そもそも言わないのは、ミカゲを気遣っての事もあるだろう。

信頼されてないからじゃない……はずだ。

自分に自信がなくなりそうになる。こんな気持ちにさせるリリーの家族には、より怒りが募る。

「ご両親が来たのか？」

さり気なさを装って聞くと、リリーはちょっと迷う素振りはあったが答えてくれた。

「妹です。……とても、可愛い子ですよ」

リリーは妹を可愛がっているのだろうか？　妹はもしかすると両親に追従しているだけで、そこまで腐ってはいないのか。

「あの、全然別件というか関係ない話なんですが、ポーション用の魔物素材、買い取らせてもらえませんか？」

妹も腐ってる事が判明した。

「買い取りなんて気にしなくていい。どうしても気になるなら、この後の食事代を頼むな」

何もかもを押し込んで笑うと、リリーも嬉しそうに頷いた。

「何食べましょうか！　甘いものもいいですね！」

「やっぱりまずは肉からだな！」

「ううう。甘い……魅惑の味……」

私は、初めて食べるパフェというものにすっかりやられていた。

冷たいアイスクリームに、ふわふわの生クリーム。ぱりぱりとしたコーンフレーク。そして上には果物が驚くべき技術で刻まれて飾られている。これは花を模しているのだろうか。

世間の人はこんなに美味しいものを食べていたとは。私は出遅れた。

先程穴が開くほど見たメニュー表には、三つのパフェが書いてあった。このまま続けて食べてしまおうか。それとも、明日以降の楽しみとして取っておくべきだろうか。

私が頭を悩ませていると、呆れたような声が聞こえてきた。

「リリーは甘いものが好きすぎだろう……」

ミカゲはなんとパフェを無視して、ただの紅茶とクッキーを食べている。噛り付いている私と違って、その姿は優雅だ。

「今まで人生、だいぶ損していた事がわかったところです……」

「なに落ち込んでるんだよ」

「こんなに美味しかったとは思わなかったのです。今まで、節約生活で最低限の食事で暮らしていましたが、他は食べずに三日に一度これを食べた方が人生華やかだったのではと……」

「こわい！　なんだその考えは、デザートは食事とは別だしっかりしろ。そんな生活したら華やかどころか死が近いぞ」

そう言って怯えた仕草をしたミカゲは、私の口元にクッキーを持ってきた。私はそれをかじる。

なんとクッキーも美味しい。

ミカゲとの外食は驚きの連続だった。私の世界は狭い。

そのおかげで、アンジェと会った衝撃は徐々に薄れていった。

卑屈になってしまっていた気持ちも、甘いもののおかげかミカゲのおかげか、徐々に上向いている。

「妹さんは、しばらく城下町に滞在しているのか？」

ミカゲが眉を下げて聞いてくる。

先程は心配をかけてしまった。ミカゲが私を見る目は優しい。

心配されるというのは、とても申し訳なくて、とてもうれしい。

「どうなんでしょう。もう一度ぐらいは来るかもしれません。でも、ミカゲさんは気にしないでもらっていいですよ」

「そうなのか？　一緒に会ってもいいぞ。本当に一人で大丈夫なのか？」

申し訳ないけれど、会わせたくない。それは私のわがままだ。気づかれたくない。

「はい！　きょうだい水入らずで！」

私はにっこり笑って、ミカゲの優しさを拒否した。私のそんな気持ちには気づかないようで、ミカゲはにこにことしながら聞いてくれる。

「そうか。色々話したい事もあるもんな。……無理さえしなければ、それでいい」

「わかりました。無理もしていませんよ」

「あと」

「あと？」

ミカゲは、少し気まずそうに言いよどんだが、そのまま口を開いた。

「あと、出来ればこの城下町を離れないでほしい。誘われても」

「もちろん大丈夫ですよ。私、薬局を開くっていう夢もある事ですし！」

ミカゲは雇用の心配をしているようだ。もちろん大丈夫だ。それに、そもそも誘われる事もないだろうが。

「そうだよな。俺という常連予定も居る事だし、繁盛間違いなしの薬局な」

「ミカゲさんが居れば安心ですね。お友達も多そうですし」

何といってもミカゲはポーションを五十本もさばけるのだ。ポーションは高いので、そんなにすぐに消費されるものではないのに。

「そうだ。そもそも俺がお金持ちだしな。上級ポーションを買ってやる」

「わーやったー」

「急に心がこもらなくなったな」

「いえいえ、とてもやる気ですよ」

実際、ポーションを作るやる気が出た。まずはアンジェの分からというのが残念だけれど。

とりあえず十本ほど作って、無料で渡して、それでもう来ないように言おう。

あんなに会いたかった家族だったけれど、もう気持ちの整理をしなくては。ミカゲのお友達の魔物素材を使って、アンジェに渡し続けるのは嫌だった。

ミカゲに相談すれば、いい案を出してくれたり代わりに断ってくれるかもしれない。でも、それじゃあ意味がない気がした。

「じゃあ、すっかり遅くなってしまったので、家に帰りましょう！」

「そうだな。そういえば、今日は流星群の日らしい。お菓子でも買って帰って、テラスで見よう」

「流星群ですか？　私、見た事ないです」

「じゃあ、楽しみだな。ちょっと冷えるかもしれないから、美味しいお茶も買って帰って、淹れような」

本当はアンジェの為のポーションを作った方がいい。

でも、驚くほど魅力的なその誘いに、私は嬉しくなって頷いた。

私にアンジェを優先しない決断が出来た事も、嬉しかった。

# 第四章　契約は延長で

ミカゲは迷っていた。もちろん腐(くさ)ったリリーの家族の事だ。

本当に嫌だけれど、頼(たよ)りになるのはあいつしかいない。迷ったところで答えは一つなのはわかっていた。

「あー面倒(めんどう)だなー」

口に出す事で気持ちを軽くしようとしたが、あまり効果はないようだった。

仕方なしにミカゲは昨日リリーと食べたお菓子の残りを食べながら、のろのろと目的地に向かった。

それにしても、と甘いお菓子をかみ砕(くだ)きながら思う。

それにしても、昨日のリリーは可愛(かわい)かった。キラキラした目で星をじっと見つめ、星が流れれば子どものように歓声(かんせい)を上げた。

野営の時はぼんやりと空を見る事もあるけれど、特に感動はない。あの家では何度か寝(ね)泊(と)まりをした事があるが、当然星を見るなんて事は、考えた事すらなかった。しかし、昨日見た星はとても綺麗(きれい)だった。

テラスがある家を買ってよかった。よくやった自分。少しでもリリーの気持ちが紛れているといい。

そうしてリリーの可愛さを思い出していると、あっという間に目的地に着いてしまう。

普段はあの家を使っていなかったから気が付かなかったけれど、これではただのご近所さんだ。あいつはたまたまリリーと会ったりしないだろうか。嫌だ。

重厚で一目で高級だとわかる扉には開店前という札がかかっているが、無視して入る。扉についているベルがカラカラと乾いた音をたてた。

「お客様ーまだ開店前ですよーぅ」

店の奥から能天気な声がする。その声に、ミカゲは不機嫌な声で答えた。

「おい、俺だ」

声をかけると、ぱたぱたと音がして、ここの店主が現れる。

「あらミカゲ。アンタがここに来るとは珍しいわね。飲みたい気分なのかしら？」

出てきたのは、黒のレースをふんだんに使ったぴったりとしたドレスを着た、妖艶な美女だ。頬に手をあてて首を傾げている。そして、ピンクがかったゴージャスな長い髪をかきあげ、流し目を送ってきた。普通の男なら一撃でやられる艶やかなしぐさだ。

しかし、これはミカゲとよく一緒に依頼をこなしていた高ランクの元冒険者で、うかつに近寄るのは危険だ。

更に言うと、美女に見える男である。

「俺がいるときにはその言葉づかいをやめろ。違和感がすごいんだよ」

「そうかしら？　この見た目で男言葉の方が違和感あると思うけど」

「ファルシア！　お前が女になったのなら尊重するが、ただの趣味で着ているのは知ってるんだ」

ミカゲが睨むようにすると、ファルシアは雰囲気を変えて肩をすくめた。何処の仕草が変わったのかわからないが、こうしてみるとやはり男だ。

「仕方ないな。結構似合ってるし評判なんだけどなあ」

「馴染めないのは仕方ないだろ。Ａランクの男が美女になってみろ戸惑うだけだろ」

「他の奴らは案外楽しんで飲みに来てるのになー お前は変なところで固いなー。全然店にも来てくれないしさー」

ファルシアは髪をいじりながら馬鹿にした口調で笑う。

「別に、飲みに来る時間がなかっただけだ……」

「お前あほみたいに働いてるもんな。……それで、もしかして呪いについて何かわかったのか？」

呆れたようにため息をつき、最後は息をひそめるように早口で聞いてきた。

ここはファルシアが引退して始めた酒場だ。

一等地にあり、とても高級な酒ばかりを置いたここの客は、当然のように高位者ばかりだ。高ランクの冒険者、貴族などが集う。

そこで、ファルシアは情報を集めている。巧みな話術に、相手に警戒心を抱かせない見た目は情報収集に最適だ。

本当に信頼できるものにしか情報を与えていないので、仕事というよりは趣味な気もする。服装も含めて。

当然、ミカゲも呪いにかかってすぐにこのファルシアに相談した。進展はまったくなかった為、腐ってしまい足も遠のいていた。

「俺が飲んでいるポーション、覚えてるか？」

「当然だよー。あのポーション全然出処がわからないんだよね。おかしいよ。王城からだとしても、普通ならある程度検証の段階で噂くらいは出てくるだろうし、失敗作で偶然できたのだとしたらあれだけの数があるのがわからない。普通に考えてあれ出しただけで一攫千金だよー」

「そうだよなあ……」

リリーから上位版を普通にもらってしまったが、リリーが普通のポーションと同じように扱っていたあれでさえその価値だ。

慈善事業でミカゲを雇っている場合ではなく、本格的に護衛が要るレベルだ。

「何か進展があったのー？」

そこまで言って、ファルシアははっとした顔をして慌てだした。

「もしかして、呪いが進行した？　やだどうしよう！　聖職者なら知り合いに居るから、少しは良くなると思うし呼びましょうか？　それとも王城に圧力でもかけた方が早いかしら」

「いや、違うんだ。ファルシアちょっと俺の身体を診てくれ。あと、慌てたからと言って女言葉に戻るのは何故なんだ」

こう見えて、ファルシアは鑑定魔法を持っている。これはかなり高度な魔法で、それだけで食べていけるぐらいだ。そして、鑑定によってファルシアは人の不調についても診る事ができる。

多量の魔力を使うために、使い勝手はそう良くないが。

「癖って恐ろしいわね。鑑定は高いわよー」

そう言ってにやっと笑うファルシアは、冒険者の頃仲間を心配した時に見せる顔だった。何も言わず差し出したミカゲの手を、ファルシアはさっと握った。思えば、呪いの種類を教えてくれたのも、ファルシアだった。ギルドからのポーションで、呪いが抑えられていると証明してくれたのも。

ファルシアから、魔力が流れ込んでくるのを感じる。

魔法に集中していたファルシアが、弾かれたように顔をあげた。

「ミカゲ……！　どうして……」

「なあ、やっぱり、消えてるか？　いや、まだ呪われている事はわかっているんだが、呪いによる魔力の阻害がなくなっているらしい」

リリーの事は当然信じていたが、確定事項として知りたかった。自分でも、夢の中に居るようだったから、ファルシアからも本当だと聞きたかったのかもしれない。

「本当に、消えてる……」

ファルシアは呆然とした顔でつぶやいた。そして、ミカゲの肩をがしっと掴んだ。力が強すぎる。肩が壊れそうだ。

「どういう事なんだこれは！　本当なのか！」

「痛い痛い！　ファルシアやめろ！」

ミカゲも手加減している余裕がなくファルシアの手を叩き払った。ファルシアは払われた勢いで後ろに飛ばされたが、驚くべき軽やかさでさっと着地した。

その動きで冷静になったのか、ファルシアはいつもの口調で文句を言ってきた。

「危ないなーもうちょっと手加減するべきじゃないか？　俺はもう現役じゃないんだよー」

「全然ダメージ受けてないじゃないか。というか、手を払わなきゃいけないぐらい力をかけるな。普通なら肩が死ぬぞまじで」

「すまんすまんついつい。……でも、本当にどうしたの？　呪いが一部だとしてもこんな風に消えるなんて、聞いた事がないよ！」

「そうだよな。俺も聞いた事がない。ダンジョン産のアイテムでそういうものが出た事があるっていう噂を聞いた事があるぐらいだ」

「あれもなー眉唾だよな。あれだけダンジョン潜っていた俺たちが噂レベルって」

「怪しいもんだよな」

リリーに出会えずに呪いを解く手掛かりが見つからなかった場合は、噂のダンジョンに潜るしかないかもしれないとも思っていたけれど。

もちろん先に、もっと確実な王城に向かう予定だったが。

「なあなあ。なんで阻害部分が消えたんだ？　今までのポーションじゃ進行を遅らせるだけだったじゃないか。それだって十分に凄い効果だっていうのに。教えてくれよーこれでもかなり心配していたんだよ。もしかして、隠ぺい系で見かけだけ隠してるとか？」

「いや、本当だ。今日ここに来たのも、その件について相談があったからだ。……この呪いが解けるポーションがあるって言ったら、信じるか？」

声を潜めて言ったミカゲを、ファルシアは笑い飛ばした。

「信じるはずないだろう！　ポーションで呪いが解けるなら、大発見どころではないじゃないか」

「俺も、そう思う」

真顔で同意するミカゲに、ファルシアも同じように真顔になった後、慌てだした。

「まさか、まさか本当に？　ポーションで、解ける……？」

ミカゲはため息をついて、順を追って説明する事にした。

その前にと、酒を頼む。このところの生活の変化を話すには、酒が入った方がいい。渡された酒は、ミカゲがいつも好んで飲んでいた度数の強いものだ。喉がかっとなる感じが懐かしい。

そして、リリーと出会った事。ギルドを通して雇われた事。呪いを言い当てられた事。ポーションを作ってもらった事。これから試作を重ねれば、呪いが完全に解ける可能性がある事。

自分でも信じられないここ最近の話を、言葉を選びながら話した。

ミカゲの話を、息を詰めるように聞いていたファルシアは、ミカゲの顔をまじまじと見た。

「なんだか、全体的に信じられない話だな……。ああもう。今日はもう店じまいにしよう。店主は頭が痛いよ」

ファルシアも、ミカゲと同じ酒を飲みながらため息をついた。

「すまない。なあ、リリーは天使なのかな？」

「お前頭どうした。別の呪いにかかったのか？」

「いやだって、ぼろぼろの俺に話しかけて、しかもギルドに使われてて可哀想だからと雇ってくれたんだぞ？」

「確かにそれはすごい。というかさー、お前お金持ちなんだから、可愛い女の子から金とるなよなー」

「いや、それは……。その時は、まだギルドの方と離れるわけにはいかなかったから。金もとらずに雇われたら、契約を認めないだろうし」

ギルドからのポーションを失うわけにはいかなかった。あの時点では。

「まあそれはそうだけど、リリーちゃんにとっては所詮お金で雇った男だなーペット代わりに置いてやってる程度かもなー」

「やめろ！　あと、どさくさでリリーちゃんとか呼ぶな図々しい」

「お前言い方ひどくないかー？　リリーちゃんもこんな粗暴な男は嫌だよねー」

見た事もないリリーに同意を求めるように首を傾げるファルシアに殺意が生まれる。当然図星だからだ。

「それは今後挽回する予定だ。問題ない。俺だって伊達にSランクじゃないし」

「そもそも何でSランクって言わないの？　少しはアピールになるかもよ」

「それは、その、リリーの見る目が変わるかもしれないと思って、嫌だったんだ……。今はそんなはずないってわかってるんだけど、言いにくくなってしまって。リリーは驚くほど世間知らずだから、アピールと言ってもSランク自体良くわかってない気もするし。本人がまずとんでもないし」

「まあ、ランクで寄ってくる人は居るよね。特にミカゲは顔も整ってるし。顔でもなく、肩書きでもなく、それでも優しくしてくれる人なんて貴重なのはわかるけどねー」

「そうだろう？　お前もわかるよな！」

「でも、今やただの嘘つきに近くなってるけど……」

「ううう。言わないでくれ……」

ミカゲがぐっと酒をあおると、ファルシアは呆れたようにため息をついた。

「今まで女の子なんて、まったく興味なかったのにねえ。仕方ないなー遅い初恋って奴なのかなー」

「初恋って言うのやめろ」

「それでミカゲ君は一体何の相談に来たのかなー。天使ののろけだったら温厚な俺もさすがに怒るよー」

「のろけたいけど、それは後だ。あのな、リリーは、家族から冷遇されてたんだ」

「ええ！　天才なのに？　逆に天才だから嫉妬されたとか？」

「嫉妬とか以前だな……。リリーは生活を切り詰めてずっと送金させられてた。それなのに、妹が貴族に囲われて、リリーに連絡もなく家族ごと引っ越したらしいんだよな」

「あー貴族かあ。金持ちと権力で舞い上がったのかもな。金持ちが居れば、姉の送金はもう必要ないから切り捨てたのか。やばいな」

「他にできる事がないからと、勉強と家事だけさせられてきたらしいんだぞ。両親は何故か妹だけ可愛がっていたんだ。それだけなら、まだいい。自分から居なくなってくれたのなら、逆に有り難いだろう。だけど、今度はまた急に現れてリリーにたかろうとしている」

リリーは妹の事は天使のようだと言っていたが、リリーのそんな扱いを放置していただけでも、とてもじゃないけれど天使とは思えない。むしろ極悪だと言える。

「うわーなんだその最低な家族は」

「スラート伯爵ってわかるだろ。妹が愛妾をやってるのが、あいつの所らしい」

「それはまた、趣味が悪いなあ」

「今、あそこが裏で売りさばいているポーションが不足しているらしいんだよな。それでリリーの事を思い出したのかもしれない」

「薬師って貴重だからねー。通常はどこかのお抱えになっちゃうか王城で働いてるから、なかなか見つからないよね。伯爵お抱えの薬師は今トラブルで居ないよー。こき使われすぎて逃げ出そうとしたところを処分されたんだねー」

「……本当にお前何でも知ってるな。リリーの所に来る前に、ギルドを通して俺がポーションの融通が出来るとスラート伯爵にアピールしたんだ。それで、リリーには会わせずにこっちに交渉に来させる予定だったんだが、リリーに直接来てしまったんだ」

「お前の失敗それ酷くない？　知ってたならもっと対策打てよーリリーちゃんに何心労かけてるんだよー。それに、そんなクズの家族がたかりに来たって大丈夫なのか？　薬師だって伯爵に知れたら、たかりに来るだけじゃなくて捕まえに来るんじゃないかな。しかも聞く限り、ちょっとした才能じゃないよ」

「大丈夫じゃないから、相談に来た。……あと、俺の失敗は良くわかってるから言わないでくれ」

「お前、本当そういうところ弱いよなー。Sランクってもっとずっと影響力あるんだぞー。それこそ貴族と直接交渉出来るぐらいには」

「え！　そうなのか？」

「伯爵ぐらいなら全然。流石に呼び出したりはできないけどな」

「まじかー変な小細工してる場合じゃなかったわ」

「まあな。でも逆に言うとお前を通すとはいえ、あんな後ろ暗い奴にポーションの融通をしたらリリーちゃんの経歴に傷がつくから良かったよ。当然お前にもだけど、冒険者なら多少甘いところがあると思う。でも薬師は、下手すると資格のはく奪もあるから気をつけろよー」

「それは、絶対に避けたい。リリーは薬局を開きたいそうなんだ」

「それならまずいな。家族に融通させるのも止めた方がいい。でも、貴族と平民じゃ、揉めた時に不利益がありそうだからなあ……何か策を考えないとな」

「うう。助かる。あと、家族には後悔させてやりたいが、リリーには、知られたくないんだ。これは、俺の気持ちの問題だから。その方向で頼む。……それで、対価は？」

「うーん、そうだなー。色々欲しいものはあるけど……うん。アルティガスの鱗で手を打とう」

　そう言って嬉しそうに笑うファルシアが悪魔に見える。

　ファルシアは素材マニアなので、他の人が避けて通る手に入りにくいものばかり頼んでくるのだ。アルティガスもここから一週間はかかる所に生息する竜種で、更に言うとダンジョンの最下層にしか住んでいない。

　でも仕方がない。自分の気持ちの為に。

「捕ってくるから、俺にも素材として保存魔法をかけてからよこせ」

　魔物素材を喜ぶ彼女の笑顔を思い出し、やる気を出す事にする。

「加工代はとるよ。あ、でも成功報酬でいいからなー。じゃあ、作戦会議だな。うーん、きっとリリーちゃんの為にも、正攻法の方がいいよな」

　自信ありげに笑う顔は、いつも頼りになる仲間のファルシアだった。

「薬局を開く手続き、ですか？」

ミカゲがお土産に買ってきてくれたケーキを食べていると、思わぬ事を言われた。

「そうそう。俺の友達が、リリーからポーションを定期的に仕入れたいみたいで。そうしたら、早くに店の形にした方がいいだろ？」

「ミカゲさんのお友達なら、普通に融通してもいいですよ？」

「いや、こういうものはきちんとお金を取った方がいい。……この前は融通してもらっておいてあれだけど」

ミカゲは気まずそうな顔で付け足した。そのしゅんとした姿に笑ってしまう。

「本当に気にしなくていいのに」

「長期的な話でもあるしな。あと、新しい事をするって楽しいだろう？　新しい店もきっと楽しいと思う」

ミカゲは嬉しそうに私に笑いかけた。

新しくて楽しい事。ミカゲと知り合ってから新しい事だらけだし、確かにとても楽しい。

「そうですね！　そろそろお仕事もしないとです！」

「それはさぼってもいい気がするけどな」

「ミカゲさんにもちゃんと警備のお仕事をさせてあげられますね」

「えー今もしてるぞ。俺は意外と働き者なんだ。お前自分の価値がわかってないだろ」

「私なんて、どこにでもいる普通の薬師見習いですよ……」

「まあ、そう思ってくれている方がこっちもやりやすいから、いいけどな」

何故かそこでミカゲはにやっと笑った。

「ただし、今だけだ」

「なんですかそれ？」

「ひみつー」

「なんでそんな思わせぶりな言い方するんですかー」

「いや、大儲けしようって事だ。とりあえず開業届から出すぞー」

「え？　もう動くんですか？　展開が早すぎます」

「リリーは遅くないか？」

これぐらいの勢いは普通なのだろうか。人付き合いも経験も少なすぎて私にはなんだかわからない。とりあえずミカゲの言う事なら間違いない、のかな。

ギルドでの依頼は嫌がっていたけれど、本当はとても働き者なのかもしれない。

私は圧倒されながら、ケーキを飲み込んだ。

「とりあえず、頑張(がんば)ります」

「よし、良い心意気だ。……と言っても、俺も開業についてはさっぱりわからない」

「……そうですよね」

堂々と、わからないと言うのはなかなかすごい。何故か偉(えら)そうにしているミカゲをじっと見てしまう。

「いや、でも俺だって無計画で言ったわけじゃないぞ」

私の視線を感じ取ったのか、ミカゲは慌(あわ)てて言い訳をする。

「もしかして、一緒(いっしょ)に調べてくれるんですか？」

それならそれで嬉しい。当然自分の事は自分でやるけれど、もし一緒にできるなら楽しそうだ。

「いや、店をやっている知り合いがいる。同業ではないけれど、店を持つ為の話なら聞けるだろう」

全然違った。

「どんなお店なんですか？」

「えーと、あれはなんだ。酒場、だとは思う」

ミカゲは何故か微妙(びみょう)な顔をした。

そうして、ケーキを食べ終え案内されたその場所で、私はミカゲの言葉を理解した。

「あらー、この子がリリーちゃんなのね！　可愛いわ。私はファルシアよ。よろしくね。私の店に良く来てくれたわね」

目の前に居る迫力ある美女に、私はすっかり圧倒されていた。

「よろしくお願いします。私はリリー・スフィアといいます」

「ずいぶん可愛い子ねーミカゲに騙されてない？　大丈夫？」

ファルシアは心配そうに私の手をそっと握った。その温かくて大きい手に驚く。

「大丈夫です。ミカゲさんにはとても良くしてもらっています」

「それはそうよ！　だって大金を払ってるんでしょう？　もっと雑用を押し付けてもいいのよ。と言ってもミカゲは書類仕事とかは全然駄目だから、頭を使わない仕事を選んであげないといけないけど……」

残念そうに言うファルシアの頭を、ミカゲは平手で叩いた。とてもいい音がする。

「わー痛い！　乱暴な子は嫌よねえリリーちゃん」

「リリーに余計な事吹き込むな。馬鹿だと思われたらどうするんだ」

「本当の事でしょ。というか賢さなんてどうあがいたって出ないんだから、今更じゃな

い？　リリーちゃんはエリートなんでしょ」

「それはそうだけど、でもそういう事じゃない」

頭を抱えて抗議するファルシアにも、ミカゲは容赦なさそうだ。しかし、二人のやりとりはとても気楽そうで、実はお互いがこの会話を楽しんでいるのがわかる。

そんな二人を見ていると、途端に自分が居るのが場違いに思えてくる。ミカゲが善意で連れてきてくれたのはわかっているのに、二人の仲の良さそうな空気感にやられてしまう。

私とミカゲはまだ、全然だ。その事がはっきりとわかって、ツキリと胸が痛む。

「ねえ、リリーちゃん」

そう呼びかけられて、すっかり話を聞いていなかった事に気が付いた。

「あ！　ごめんなさい。ぼんやりしてしまっていまして」

「あら、いいのよ。くだらない事しか話していなかったんだから」

「お前がそのくだらない話ばっかりしているから、リリーが飽きてしまったんだろ」

「いえ！　あの、その、二人が仲良さそうだなあと考えていて」

私がそう言うと、二人は心外だというように嫌そうにお互いの顔を見た。

「そんな事ないわよ」

「そうだぞリリー」

口を揃えて否定する二人は、やっぱり仲が良さそうに見えた。

「……あの、もしかして、二人は付き合っていたりするんですか？」

かなりの勇気を持って言った言葉に、ファルシアは弾かれたように大笑いをした。そしてミカゲは心の底から嫌だ、という風に顔をゆがめた。

「まったくもってない。本当にない。こいつはもともと冒険者仲間なんだ。今は引退しているけれど、こうして付き合いはあるだけだ」

「え！　こんな綺麗な人が冒険者……！」

ここまで綺麗な人はなかなかいないだろう。

冒険者といえば過酷な状況も多いと聞く。男の人も多い中で、別の危険もありそうだ。

「リリーちゃんは本当にいい子だわ。誰かとは大違い」

ファルシアに抱きしめられて、あわあわしてしまう。くっつくと、花のようないい匂いがする。大人の女性という感じだ。すごい。

「ふわわ。この匂いは何の匂いですか？　すごくいい匂いですね」

「これは、そこの通りで売っている、魔物素材で作った香水よ。気に入った？」

「はい。なんだかずっと嗅いでいたい匂いです……」

「ふふふ。フェロモンと似た匂いだって触れ込みだけど、本当なのかしら」

「おいお前、リリーになんてもの嗅がせてるんだ。離れろ」

うっとりと頭を預けていたファルシアから引き離されて、私は恨めしい気持ちでミカゲを見つめた。

「なにするんですかミカゲさん……」

「うわっ。もうやられかかってる！　リリーは薬師だろうこんな奴にやられてどうする」

「だってすごくいい匂いですし、優しいですし、大人っぽいですし綺麗ですし素敵すぎます……」

「あらあら。リリーちゃん嬉しいわ」

「こんな彼女が居たなんて、羨ましすぎます。……いや、こんな素敵な彼女を私なんかに紹介してくれた事を感謝するべきなのかしら？」

「リリーの頭がおかしくなりかかってるな……。しっかりしろリリー、こいつは俺の彼女どころか女ですらない」

私はミカゲの言葉に首を傾げた。そしてファルシアを見る。ミカゲより少し低いが、すらっとした体軀にすっと伸びた長い脚。化粧をきっちりとした隙のない美女。

隣に並ぶミカゲも負けずに顔が整っているので、お似合いの美男美女だ。

「頭がおかしくなったのは、ミカゲさんでは？」

「……ファルシア」

「もーわかったわよ。……リリーちゃん、俺はとっても綺麗だけど、女の格好をしているのは趣味なんだよー。声作るのも結構練習したんだよー」

「わわわ。声が」

「そうそうー残念ながらリリーちゃんが期待するような関係じゃなくて、本当に冒険者仲間だったんだよねー」

「本当に男性だったんですね……すごい」

「でしょでしょー。お店でも人気なんだよー。今度飲みに来てね！」

「は、はい。お酒は飲んだ事ないですけど、是非とも」

浮かれる私に、ミカゲはひらひらと手を振った。

「やめとけやめとけ。ぼったくりかと思うくらい取られるぞ」

「ぼったくりはミカゲでしょーこんな可愛い子に雇われてるなんて。お金払ってこんな男を雇うなんてそれこそ酔狂よリリーちゃん」

ファルシアが私の頭を撫でて、諭すように言う。大きい手に撫でられて、とても気持ちいい。

なんだかとても落ち着いた気持ちにさせてくれる。

「いえ、私の為なんです」

「リリーちゃんの為？」

「そうなんです。ミカゲさんが楽しいと、私も嬉しいんです」

最初は、ミカゲを助ける事で自分が慰められるようで。そして今は、人と一緒に居られる事が嬉しい。一緒にごはんを食べる人が居る事が嬉しい。

そして今、ファルシアという新しい知り合いが出来て楽しく話せている。それすら信じられない幸運だ。

「もーすっごくいい子だわ。ねえねえ、リリーちゃんはお店を開きたいのかしら？」

「あ！　はいそうです。薬局を開きたいなと思っていて。そうしたら、ミカゲさんがお店を開いている方という事で、ファルシアさんを紹介してくださったんです」

「そうだったのね。リリーちゃんはどんなお店にしたいとか希望はもうあるのかしら？」

と、あらあら、お客様に飲み物も出してなかったわね」

「まったくだ。酒場とは思えないサービスの悪さだな」

「そんな事言うとお金取るわよ。じゃあこっちに座ってねー」

すっかり入り口の方で話し込んでしまっていた。私は立ちっぱなしには慣れているけれど、ファルシアは高いヒールの靴なので痛いだろう。申し訳ない事をした。

「はい！　ファルシアさん、足マッサージしましょうか？」

「え？　なんで？」

「立ちっぱなしで足が痛いかなと思いまして。多分上手ですよ慣れているので！」

妹はかなり要求が高いタイプだったので、レベルは上がっていた気がする。

私はかなり自信を持って言ったけれど、ファルシアは微妙な顔をしただけだった。そして、肩に手を添えられ、テーブルの席に座らされた。

「ちょっと待っててねーお茶淹れてくるから」

ファルシアはお店の奥に入っていった。ミカゲと二人になる。

「いい人ですね。ファルシアさんって……」

「すっかりリリーが心を許していて、俺はむしろかなり警戒している」

「うーん。話しやすいのは、やっぱりミカゲさんのお友達だからでしょうか」

「まあ、こんな店をやってるぐらいだし、警戒心を解くのはうまいのかもな」

「この広さのお店を一等地で維持しているっていうだけでも、本当にすごいですよね」

ミカゲが住む場所からほど近いこの店は、もちろん一等地だ。内装も見るからに豪華で、テーブルもソファも意匠がそれぞれ違っているのに統一感があって素晴らしい。

王城で働いた事がある為、豪華さにそこまで緊張しないのは良かった。

それでも、ファルシアが持ってきてくれたカップには動揺してしまった。にっこりと気軽にお茶だよと渡されたこれは。

「これってまさか……」

「わーリリーちゃん知ってるのねお目が高いわ。そうそうこれはミキシファイの角から削りだしたものよ。貴重品なのよね」

「へーミキシファイの角なんだ。確かにこんな感じの色だよな。意外とつるっとしてるんだな」

ミカゲの感想は全く価値がわかっていない。

ミキシファイは、高ランクの冒険者しか狩る事ができないので、圧倒的に出回る素材の数が少ないのだ。そして、更に削り出すにしても、硬すぎて通常の加工技術では出来ない為、魔法技師に頼む事になる。

高い。

ともかく高い。

そして、ミキシファイの角は素材としても優れているらしい。もちろん伝聞だ。現物を見た事もない。

それがここで。

「とても、嬉しいです。ううううう。使ってみたい」

鑑定をしてみると、素材のランクは最上だった。そして、効能は吸収。

鑑定は素材のざっくりとした方向性しか教えてくれないので、後は想像するしかない。なんらかの完成形になってしまえば効能がわかるけれど、素材の状態でははっきりとはわからない。それが面白い所だけど。

カップとしては特に効能はなさそうだ。素材としてポーションに混ぜれば二日酔い防止に使えるかもしれない。

……かなり高級な二日酔いポーションになりそうだ。他に絶対もっと安価なものがすでにありそう。

今のところ、私の想像の範囲で活躍しそうな場面は思い浮かばなかった。

「リリーちゃんのお口に合ったかしら？」

「はい。こんな素材でお茶が飲めるだなんて、夢のようです」

「……リリーちゃんもちょっとずれてるわよね」

「それがいい所なんだ」

「ミカゲはミカゲでやばいわね」

ミカゲが無言でファルシアの肩を小突いた。私はそれを見ながらお茶を飲む。

カップの件を無視しても、とてもいい香りのお茶で高級品だとわかる。いつも飲んでいるものと明らかに違う。とても美味しい。

「ええと、それでどんなお店にしたいかとか希望はあるかしら」

「まだ、具体的には考えられていないのですが、基本となるポーションは当然置こうと思っています。プラスして、販売の他に希望の効能のものを作ったりしてみたいなあと」

「他の効能を付けるって、そんな事が出来るの？」

「新たな効能を付けるのは研究段階なので、値段も高くなるうえに成功するかわからないんですよね。なので必ず売れるかはわからないですが、お客様の希望をもとに研究するのら?」

「それでも、ある程度汎用性があれば売れそうね。ポーションは上級まで作れるのかしら?」

ファルシアの質問は、私にとっても自信のあることだったのではっきりと答えられた。

「もちろんです! 上級までは特に問題ありません。他の基本的なポーションも一通り作れると思います」

「……ずいぶん出来る事が多いわ。あんまりやりすぎると、それはそれで大変な事になるわよミカゲ」

何故かファルシアは私ではなくミカゲにそう答えた。

「まあ、いいだろ俺が居るし」

「そういうところ、危ないのよ。後、リリーちゃんが全力で頑張れば、単独で何とかできそう」

「それは俺の存在意義がわからなくなるから勘弁してくれ」

「矢面に立つと大変だしね。それは私も賛成しておくわ」

また二人で盛り上がっているのを、私は楽しい気持ちで眺める。私もいつかミカゲとこういう関係になれるだろうか。

お店に来たミカゲと、こんな風にポーションについて語る未来を想像する。

……喋りすぎないようにしないと。

なんだか私が一方的にポーションについて語っているところが想像された。気をつけなければ。

「とりあえずは普通に対面の薬局のイメージでいいのかしら。リリーちゃんのイメージだと工房も一緒にという感じ？」

「ええと、そうですね。出来れば倉庫があって素材を置けて、寝泊まりも出来ると助かります。まあ倉庫があればそこで寝ればいいのであんまり関係ないかもしれませんが」

「関係あるでしょ……。年頃の女の子が倉庫は良くないわ」

「そうですか？　私、もともと倉庫で寝ていたのでそんなに問題ないですよ。物が近くにあってそれはそれで便利ですし」

「リリー、それはいったん忘れろ。部屋はもちろんある物件にしよう。いや、この近くの物件にして、うちから通えばいいな。ファルシア、この辺でいい物件を知っているか？」

ミカゲは勝手に進めようとしているが、この辺りは物価が高すぎる。それに。

「いえ、あの家はお店を始めるころには出て行かないといけないですから、この近くでというわけではないです。この周りで店を借りるとなると、とても高いですし」

ミカゲはその言葉に眉を寄せて考える仕草をした。

「いや、あの家は俺たちが出て行ったところで空き家になるだけだ。空き家は家も傷むし、どうしても気になるなら家賃分だけ払えばいい。掃除と引き換えなら、そう額は必要ない」

「本当ですか？　そんなに甘えていいのでしょうか。……それならこの辺でお店を探します。家主さんには感謝しかないです」

「……家主？　あの家の？」

「そうです。とっても親切でミカゲさんに家を貸してくれているようなんです。今、私も住まわせて頂いているんですが」

「へー家主さんがかー」

「私、家主さんにお礼をしたいので、稼げるように頑張りますね！」

「それは家主も喜ぶんじゃないかしら。でも、家主は別に感謝するようないい奴じゃないから気にしないで大丈夫よ」

「あれ、もしかしてファルシアさんもお知り合いなんですか？」

「うんうん。確かにお金持ちなんだけど、使い道がわかってないあほなのよ。カップの素材もそいつからもらったのよね。家主は自分で捕ってきた素材に対して特に加工はしないから、加工自体は私がやったんだけど。基本的に価値がわかってないのよね」

「ええすごい！　確かにあの家には恐ろしい価値のある魔物素材がたくさんありました……。家主さんは、本当にすごい人なんですね……。あと、さらっと加工はファルシアさんって！　加工魔法って難しいんですよね？　魔法技師なんですか？」

「いや、冒険者やってて加工する事が多かっただけで、今は趣味よ。良かったら教えてあげましょうか？　このカップぐらいならきっとリリーちゃんならすぐに作れるわ」

「うわー！　それは是非教わりたいです！　お店を開いて落ち着いたら、お金はいくらでも払うので教えてください」

魔法技師なんて、本当に希少なのだ。繊細で職人芸。加工方法は独特で、独学で学べるようなものではない。弟子になるならともかく、好意で教えてくれるなんて事はほぼないはずだ。

私は嬉しくてにやにやしてしまう。手の中にあるカップをそっと撫でる。つるりとしたまったく引っ掛かりを感じない表面は、技術の高さをうかがわせる。

「そうだ。リリーお前、お金はあるだろう。わざわざ賃貸にする必要はないよな。ここの二軒先が売りに出てたのを思い出した」

ミカゲがさらっと驚くべき事を言う。

「あらーいいじゃない！　ご近所さんになりたいわ」

ファルシアも嬉しそうに手を叩いて立ち上がり、私の肩を抱いた。急に感じる体温にどきどきしてしまう。

「確かにお金はありますけど……」

「あらそう。お金はあるのねー」

にやっとしたファルシアは、なんだかとても悪そうだった。

「なんだかミカゲさんと知り合ってから人生のスピードが速くて動揺していますどうよう」

まだ夢の中に居るようなふわふわした気持ちで、お茶の湯気を見つめる。

あれからファルシアと不動産業者に行って、物件を確認かくにんした。

ファルシアのお店から本当にすぐ近くの売り物件で、私の手持ちの半分ぐらいで買えるという事だった。次は商業ギルドに連れて行かれる予定だ。ここで開業届もろもろの手続きを行うらしい。

ファルシアは冒険者の時も手続き等の仕事はすべてやっていたようで、書類仕事も大得意だという。ミカゲは手数料が高いと笑っていたけれど。

仕事も速く、行動力がある。そして美人。見習いたい人だ。

「リリーもそうかもしれないけど、俺もそうだ」

「ミカゲさんは、そんなに変わりましたか？　どっちかというとゆっくりできていて欲しかったので、びっくりです」

「うーん。リリーのおかげでゆっくりはしている。でも、人生についての決断がなんだか多い」

「ええ。そんな場面ありました？」

「そうなんだよ。不思議なんだけどな」

ミカゲはなんだか嬉しそうに笑った。

「明日も、私は決断の連続になりそうです……」

「店の手続きは、ファルシアに任せておけば間違いないから……多分」

「なんで、多分なんですか？」

「あいつ、結構あくどいからなあ……。まあ仕事は問題ないから、リリーには優しいだろきっと」

「全体的に引っかかりますね。でも、素敵な人ですよね本当に」

はきはきした話し方に、綺麗な身のこなし。そして、仕事に対する自信。どれをとっても、憧れざるを得ないものだ。

「リリーはファルシアの事気に入ったのな」

「はい。佇まいも素敵ですし、それに、とってもいい匂いですし……」

「匂い……あれは本当危険だな気をつけろ。なんだあれ呪いのアイテムとかじゃないだろうなまじで。……でも、気が合ったのなら良かった。来週から基本的にはファルシアのところに行ってくれ。話はしてある」

さらりと告げられた急な提案に慌ててしまう。まさか、見限られたのだろうか。

「あ、あの。まだ契約は終わってなくて、私、これから呪いを解くポーションも作りますし、まだ研究はこれからですけど特級のポーションも作れるように頑張りますので……」

殆ど泣きそうになりながら言い募ると、ミカゲは不思議そうに首を傾げて私の頭を撫でた。

「なんでそんな顔するんだ。後地味に特級ってなんだよ。聞いた事ないぞ」

「契約が打ち切られるのかと……。特級はミカゲさんが冒険者に戻った時に便利かなと思って。まだ、全然できてませんけど」

「打ち切るはずないだろ。こんな好条件ないんだから。それに特級なんてできたら、俺だけじゃなく色々なところから押しかけられるぞ」

そう言って安心させるように、ミカゲはいたずらっぽく笑った。

そうなんだろうか。契約が続くならお金なんて倍払っても全然良い。そんな事言ったら引かれそうだけれど。

「頑張りますね！」

「やりすぎない程度に期待してる。……あと、リリーの家族についてだけど、しばらく来ないらしいから、家を空けていても大丈夫だ」

「……アンジェに、会ったんですか？」

思いもよらない言葉に、声が震えそうになるのをこらえる。悟られないように出来ただろうか。

さり気なくミカゲの方を見ると、気にした様子もなく不思議そうな顔をしている。

「アンジェ？　それは妹の名前か？　リリーが居ないときに言付けがあったんだ」

「そうだったんですね……」

来たのはアンジェではなかったようだ。アンジェの相手の貴族の下働きのものだろうか。アンジェとミカゲが会ったわけではなかった事に、息を吐く。

まだ、大丈夫だ。

そして、自分が思った以上にアンジェに会う事に、緊張していた事に気が付いた。あんなに居なくなって悲しかった家族なのに。

アンジェに会った途端、卑屈な自分に戻る事も怖かった。先延ばしになっただけだけれど、安心する。

薬局を開いた場合、また助け合いと称して頻繁に来るだろう。

私はため息をついた。

「それで、二週間程度、ギルドの依頼を受ける事になったんだ」

さり気ない口調でミカゲが続けた言葉の内容に驚いて、アンジェの事が一気に飛んでしまった。

「え！　ギルドの依頼ですか？　あの、大丈夫ですか」

ミカゲはギルドの依頼が嫌で、私の依頼を受けてくれたのではなかったのだろうか。

そんな気持ちを読み取ったのか、ミカゲはまっすぐに私の事を見た。

「リリーと一緒に居て、今の生活はすごく楽しい。でも、やっぱり冒険者としてやらなきゃいけない事はあるんだ。……秘密だけど、リリーの為でもある」

「私の為？」

「今回の依頼……すごくいい魔物素材が取れるんだ！」

「わー！　すごい！　どんな魔物ですか……って、誤魔化されそうになったけど、駄目ですよ。意味がわかりません」

ミカゲはそっぽを向いてとぼけた顔をした。

「まあでも、俺は実際この生活が気に入ってるんだ。ギルドから逃げたかったのは本当だし、リリーには感謝してる」

「ええと、気に入ってるなら、良かったです」

「そう。だから依頼のある期間分は、契約終了を先延ばしにしてくれると嬉しい。リリーが嫌なら期間分返金ももちろんできるけど」

「いいえ！　私もミカゲさんが居てとても楽しいので！　契約ならそのままのが断然いいです！」

「じゃあ、まとまったな」

まとまったのだろうか。

とりあえず雇い主として、期間中に契約が履行できない事への許可を出したからいいのかな？

ちょっと首を傾げてしまう。

「それって、依頼は危なくないんですか？」

ミカゲは初めて会った時ぼろぼろだった。あの時も依頼帰りだと言っていたので、怪我が恐い。もっと最悪な事だって……。そう考えてしまい、頭を振る。

「俺ぐらいならそんな危険な事はないだろう」

「急に自信ありげですね」

ミカゲの偉そうな言い方に笑ってしまう。ミカゲは不安を払う天才かもしれない。

「……後、俺の為の依頼でもあるんだ。二週間もあれば、終わるから。……できたら、その、待っててほしい」

「えっ。あの、……私、待ってますね」

人を待つなんて、初めての事だ。

寂しいと同時に、何か温かい気持ちになる。

契約上の事だとしても、信頼関係が出来ていると思っていいのではないだろうか。

かなりの前進だ。

私は嬉しくなって、ミカゲの手を掴んだ。

「お土産、期待してます！」

「おう。驚くようなのを用意しておいてやるよ！」

図々しい私のセリフにも、ミカゲは満面の笑みで返してくれた。これだけで十分な程に。


「あらあら、リリーちゃん。待ってたわよー！」

お店で出迎えてくれたファルシアは、今日も派手な美女だった。豪奢な大きいコサージュを胸元につけた、赤と黒いレースの妖艶なドレスを着ている。緩く編まれた髪の毛にも、同じコサージュがついている。

「今日からよろしくお願いします」

私は荷物を持って、頭を下げた。

今日からミカゲがギルドの依頼という事で不在だ。ミカゲは私が大金を持っている事、店を開く事でその事が漏れやすくなる事を心配してくれていた。

不在の間ファルシアの家にお世話になることになった。

とても有り難い事だ。協力してくれるファルシアも。

「任せてちょうだい。ミカゲからもちゃんと頼まれてるから安心してね。ふふふ。お礼もちゃーんと貰っているのよ」

「え！　ミカゲさんからですか？　そんな、私が払います！」

「いいのよ。あいつが契約期間中に依頼なんて受けるからこうなるんだから。むしろ違約金としてリリーちゃんに払わなきゃいけないぐらいよ。その辺の説明ちゃんとしてるかしら？」

「いいえ。でも、お土産をくれるって言っていました」

「そんな事で喜んじゃって、もー可愛いわねー」

ファルシアはその妖艶な姿に似合わず、乱暴に私の頭を撫でた。

「わわわ」

乱暴なのに優しくて、私は嬉しくなって笑ってしまう。

そして、店の二階にある部屋に案内してもらう。この一等地に広い店舗と住居。かなりの贅沢仕様だ。

「特に使っていない部屋だったんだけど、狭くてごめんね。夜は戻るならあっちの部屋でもいいわよ。防犯用の魔導具は持ってるだろうし、朝迎えに行くから」

「いいえ、十分素敵なお部屋です。それに、実家では自分の部屋はもっとずっと簡素でしたし」

「そういえば、倉庫でって言ってたわね……」

「あ！　でも、荷物がたくさん置いてあった部屋なので、それはそれで落ち着いたりしたんですよ！」

「リリーちゃん。それは部屋じゃなくて、ただの倉庫っていうのよ」

確かに倉庫ではあったけれど、掃除をしなければいけないので掃除道具が近くにあったのは意外と便利ではあったのだ。私の利点はうまく伝わらなかったようで、ファルシアは怒ったような顔をした。

「とりあえず、うちではそんな生活はさせられないわ。もちろんミカゲともだけど。何か不満があったら私に言うのよわかったわね」

厳しい口調で心配そうに言うので、にやにやしてしまいそうになりながら私はお礼を言った。

そして、ファルシアが用意してくれた朝食を一緒に食べた。すぐ近くの屋台で買ってきたクレープ包みだ。野菜がたっぷり入ったとても健康そうなメニューはファルシアらしい。味も美味しい。

聞けばお店の準備等がある為、買ってくる事が多いらしい。

明日からは、食事の用意は任せてもらえるようにお願いした。どっちにしろ買い物は付き合ってくれるようなので、申し訳ないけれど。

ちょっとでも役に立てればいいな。

「ミカゲみたいな邪魔者が居ないうちに、お店の事も、リリーちゃんの事もどんどん進めましょうね」

「……私の事ですか？」

「そうよー。リリーちゃん、今まで質素に暮らしてきたんでしょう？　色々、買い揃えましょう！」

「色々って」

「お洋服もだし、下着もだし、化粧品類も。その荷物の大きさを見るに、全然揃ってないわよね？　髪の毛も伸びてきているから切りましょう！　ふふふ。原石を磨くみたいで楽しみだわ」

「そんな。私なんて今のままで十分です」

私が断ると、ファルシアは今まで見た事のないぐらい怖い顔をした。

美女が怒ると迫力が段違いだ。

「お嬢さん。あなたは若くて可愛いわ。そんな子が着飾らないなんてどうかしている。ミカゲはそういう事は言わないだろうけど、駄目よ。ミカゲだって本当はもっとがっつり着飾れば映えるのよ！　あいつはもてないように無意識にやってる可能性もあるから、許してあげてるけど。リリーちゃんはともかく可愛い格好をしないと駄目。お店を開くなら、相応の服もあるし」

「く……薬師なので、お店では汚れにくくて動きやすいものがいいかな、なんて」

「リリーちゃん」

「一式揃えたいので見繕ってもらえませんかファルシアさん」

一応反論してみようと試みたが、にっこり笑うファルシアに逆らえる気がしなかった。

「いい子ねリリーちゃん。もちろん私に任せてちょうだい」

「このお店で、洋服を売ってるんですか……？」

ファルシアに付いてきてほしいと言われて入ったのは、ドレスを売っているお店だった。

城下町の中心部の非常に華やかな通りにある店舗だ。店構えからしておしゃれだ。

当然入った事はない。

店内にはぐるりときらびやかなドレスが飾ってあり、真ん中にふわふわとした絨毯が敷いてある。店員さんも動きやすいながらもレースがふんだんに使われたドレスに華やかな髪型をしている。にっこりと笑う笑顔は完璧で、上品だ。

すっかり場違いな雰囲気に、戸惑う。

「いいえ。私のお気に入りのお店なのよ。とりあえず、今から服を買うのに採寸しておきたいからいいかしら？」

どうやら採寸だけだったらしい。自分で服を買った事がほとんどなく、買った時も気後れして適当に地味で安いものを基準に選んでいたので知らなかった。

確かに私は、自分がどういう服を買えばいいのかすらわからない。

隣にいる美女がとても頼もしく思えて、私は少し落ち着いた気持ちになった。よく見ればファルシアはこの店舗の雰囲気にまったく負けていない。

「よろしくお願いします！」

すっかり張り切って採寸に臨んだが、甘かった事がすぐにわかった。

手を上げたり下げたり、ドレスを実際に着てみたり脱いだり。驚くべき勢いで体力を消耗した。

一通り測り終わったのか弱った私を可哀想に思ったのか、いったんファルシアのお店で休憩する事になった。

家に戻るのも本当にすぐで便利だ。

「服を買うのって、体力が要るんですね……」

気力を途中で買ったケーキで補いながらファルシアに伝えると、彼女は当然というように頷いた。

「それはそうよ。私なんて元が男だから余計に大変だったわ」

「嫌だったら答えなくて全然大丈夫なんですが、ファルシアさんは何故女装を？」

「うーん。最初は冒険者の中で私は斥候みたいな事をやっていたのよね。後はびっくりするぐらい冒険者仲間の皆書類仕事が苦手だから、そういう事を。その中で、女性の姿でいた方がやりやすい事が結構あったから研究したのよー。今は単純に女性の姿になるのが楽しいわ。ドレスも化粧も好きみたい。中身は男のままだけど、なんていうか変身したような気持ちになるのよ」

「変身かあ。いいですね。……でも、この怒濤の日々は、私にとってもちょっと変身っぽいです」

「そうしたら、リリーちゃんはもっと変身しないといけないわね。忙しくなるわ」

「ふふふ。今でも十分忙しい気がするのに」

「でも、薬師でしょう？　今までもお勉強とか大変だったんじゃない？　聞けば学校でも特待生だったっていうじゃない。……そんなに努力して得たもので、本当にミカゲを雇ってしまってよかったの？」

「そもそも私が今大金を持っているのは努力の対価ではないです。それに、ミカゲさんは、お金を介してはいますけど、私にとっては救いなんです」

「救い？」

私はファルシアに自分の生い立ちを話すか逡巡した。そっとファルシアを窺うと、まっすぐな瞳で私の事を見ていた。

ファルシアも、ミカゲも優しい。

私は、吐き出すような気持ちで言葉を紡いだ。

「私、今までお友達と呼べる人は居なかったんです。家族とも心の距離もありましたし、近しい人っていなかったんですよね。本で読んだ家族や友人を想像しては、自分の境遇と照らし合わせてため息をつくばかりでした。でも、それでも自分が友人といるところや、家族と笑いあってるところはうまく想像できませんでした。それすらもできないなんて、と悲しくて惨めになるばかりだったんです」

「リリーちゃん……」

「観劇などでもすれば、もっとうまくわかったかもしれませんが、それすらお金がなくてできませんでした。ずっと、とても惨めだったんです。でもいざお金が手に入って、そうしたら、何にも持ってない事がはっきりわかったんです。そして余計惨めな気持ちになりました」

「劇なんか観たところで、人の気持ちがわからない人はいるわ。リリーちゃんは、人の気持ちがわかる人よ。その時だって、全然惨めなんかじゃなかったのよ」

「わかってます。今は、ちゃんとわかるんです。……ミカゲさんが居たから。私はミカゲさんをお金で雇っていますが、とても楽しく過ごさせていただいています。ミカゲさんが見せてくれる優しさは、今まで想像もできなかったものでした。自分でも、こういう風に過ごせるんだって驚いたんです。図々しいとは思うんですが、ミカゲさんとお友達になりたいんです。お金がなくても、一緒に居られたらいいな、と。あ！　もちろんお金が惜しくて言ってるわけじゃないんですよ」

「お金目当てだなんて、そんな事思うわけないじゃない」

「いいえ。私の周りは、はっきりとお金目当てで私の事を見ていました」

　ファルシアはそっと私の肩を撫でた。

「そうなの……」

「それでも、手に入れたかったんです。家族を。私……」

　家族の事になった途端、勝手に涙が出てきてしまう。こんな風に泣いたら、良くないとわかっているのに。

「大丈夫よ、リリーちゃん。ミカゲだって、リリーちゃんだって、お金目当てで人間関係を築こうとしているだなんて全く思えない。二人の関係は、お金じゃないわ。私、人を見る目はあるのよ」

　おどけたように笑うファルシアの目は真剣で、優しさにあったかくなる。

「ありがとうございます……」

「ミカゲは、自分の価値もそんなにわかってないし、人に対して一線を引くところがあったけどいい奴よ。今はリリーちゃんと一緒に居て、だいぶ踏み込んでるなって思うの。今までそんな事なかったから、私は嬉しいのよ。彼には恩人としてしあわせになってほしいって、いつだって願ってた」

「恩人ですか？」

「そうなの。詳しく話すとミカゲは怒ると思うから内緒にしてほしいけど、私はミカゲに助けられた事があるのよ。その件で親しくなって、一緒に依頼を受けたりするようになったの。……私が最後の依頼を受けた時も、ミカゲが一緒だった」

「そうだったんですね。お二人は仲がいいなと思っていたんですが、そんな繋がりがあったんですね」

私の言葉に、ファルシアはゆっくり頷いた。

「リリーちゃんが、ミカゲの呪いを解いてくれるんでしょう？」

「はい。必ず解きます。でも、それはたまたま私が薬師で、ポーションを作製できたからです」

「それでも。私はとっても感謝してるわ。もちろん、ミカゲもそうでしょう。言葉にできないぐらいには」

「そうだといいんですが。私もとても救われているので、ミカゲさんの力になれたなら嬉しいです」

「リリーちゃんはとってもいい子ね。今までの家族じゃなくて、私たちと仲良くしましょう」

ファルシアは私の手を取って、ぎゅっと握ってくれる。

女性とは違う大きな手が私の手をつつんだ。涙が流れてしまったけれど、ファルシアはいい匂いのハンカチでそっと拭ってくれた。

匂いの効果はてきめんで、私はすっかりうっとりした気持ちになった。

私もこの香水を買おうか迷っている。ミカゲに再会するときに使ったら、反則だろうか。

ファルシアとの生活は順調で、私の作る料理を喜んでくれたり、日中は買い物に行ったりと充実していた。ファルシアの部屋にも薬草と魔物素材を置かせてもらって、研究も行っている。

私の持ち物もどんどん増えていき、ミカゲと住んでいる家にも運び入れている。

どんどん生活感が出てくるミカゲと住んでいる部屋に、ここが自分の部屋だという意識が強くなってくる。

私は注意深く、片付けすぎないように物を置いた。ミカゲは今の家にずっと住めばいいと言ってくれているけれど、慣れすぎる事は怖い。

そして、今日は荷物を運ぶついでに、調合箱を使ってのポーションの研究をする事にした。流石に調合箱は重いので、ファルシアの家には持っていけない。一緒に荷物を運んでくれたファルシアには、お店に戻ってもらった。

防犯用の魔導具を置いて、更に魔法錠のある部屋に籠もる予定だ。

ミカゲが居ない間は、所有者を私に書き換えてもらっていた。これで魔物素材が盗まれる心配も減るし、私も安全になる。

そこまでする必要はない気がするが、ミカゲが心配するからとファルシアに言われれば、嬉しくなって従うしかなかった。

しっかりと魔法錠を確認して、調合箱を準備する。

「さてさて、頑張ろうかな」

今日は一日ポーションの研究だ。

呪いを解くポーションの為に、ドラゴンの素材の扱いを模索するのはもちろんのこと、新しく開くお店に置く新作を考えようと思っている。

お店の準備はまだまだだけど、とりあえず普通のポーションとは別に何か目玉のものがあったらいいなと思ったのだ。

このお店ならでは！　的な。

特級ポーションについては、もし完成してもファルシアからお店に並べない方がいいというアドバイスがあったので、従う事にした。

『そういう特別なものは、特別なお客様に売るものよ』

商売の先輩の言葉は説得力がすごい。

通常ポーションは怪我を治すもので、その効能の大きさで低級、中級、上級とある。他の薬局もファルシアと一緒に初めて見に行ったけれど、上の二種類のポーションについてはほぼ取り扱いがなく、塗り薬など庶民向けの安価な薬が置いてあるだけだった。

冒険者が使えるポーションを置く店が少ないとミカゲが嘆いていたのも当然だった。

安価な薬については詳しくないので、ポーション専門になる予定だ。

他にも汎用性が高い毒消しや軽い状態異常回復など、王城では良く出ていたポーションを作る。

新たに値段が安くて範囲が限定的なものを、と思ったけれど値段は魔物素材が含まれるしそこまで安くならない。限定的になると、在庫も増えそうだ。

となると、高いけれど効能がいいものとなるだろうか。

……このままだと高級路線になってしまう。

稼いでお店を保てるようにもなりたいし、きちんとした金額で家主さんから素材を買いたいし、迷うところだ。

……薬師としてのミカゲへのアピールも忘れたくない。

となると、ある程度凝ったものは作りたい。

うーん。皆に売るものっていうのは難しい。そうだ、身体強化されるようなポーションはどうだろう？　身体強化の魔法はあるけれど、魔法が使えない冒険者もいるかもしれない。一回試作で作ってみよう。

聞き取りを行って、その中で需要が高いものを作る方がいいかもしれない。後は、とりあえず出来るだけ低級ポーションを作製しよう。低級ポーションを扱う店はあったけれど、本数は多くなく誰にでも売ってくれる訳ではなさそうだった。ファルシアがいたので邪険にされる事はなかったけれど、私一人だったら見せてもらえなかっただろう。

ミカゲは来ないと言っていたけれど、アンジェが来る可能性もあるし。もし渡さなければいけない事態になったとしても、アンジェには低級でいいかな。

あんなに大事だった家族であるアンジェに対して雑な気持ちになる自分をおかしく思いながら、私は素材を揃えていく。

まずは数を揃えておく事にして、調合する。

そうして調合は問題なく終わり、目の前には二十本の低級ポーションがある。今日のところはこの程度作っておけば、後は研究をしてもいいだろう。

私はドラゴンの素材を手にした。

あれから毎日魔力で粉にしてみているが、もう一歩及ばないという感触だ。素材としてはこれで間違いないと思うが、素材の力が引き出し切れていない。

最初に感じた引っかかりをそのままずっと解決できていないのだ。

粉になったドラゴンは、ポーションにせずにそのまま粉として保存してある。

使い道を考えなくてはいけない。たまっていく用途のない高級素材に、ため息ばかりが出る。しかし、ミカゲの解呪の為には実験あるのみだ、私は気合いを入れてもう一度ドラゴンに視線を戻す。

飽和させる速度は色々試してみたものの影響はほぼなかった。入れ方に差をつけてみたり、数日に分けてみたりもしたけれど、こちらも影響がなかった。

魔力で粉にする方向は間違っているのだろうか。

「今日は乳鉢でやってみようかな……」

硬いので毎回魔力で粉にしていたが、素材の力が引き出せないのは私の魔力が邪魔をしているのかもしれない。魔力と素材の魔力が反発している可能性もある。

ドラゴンの欠片を乳鉢に入れ、乳棒を押し付ける。硬い。

ともかく硬い。

粉になるどころか全く崩れた気配がない。このまま力任せにやったところで、乳棒が壊れそうな気がする。

「ドラゴンだもんね……」

魔力に頼りたくなるが、それでは今までと変わらない。道具の問題だろうか。専門の道具があったりするのか。魔導具にはそこまで詳しくないので、知らないものがあるのかもしれない。しかし、魔導具では魔力がまた関係してくるだろう。それでは意味がない。

もう一度乳鉢に入れたドラゴンを叩いてみる。カツカツと硬い音がして、どう考えても粉になる気がしない。

自己回復も防御も強すぎるドラゴンに、素手で立ち向かうのがすでに間違っている気がした。

「……自己回復」

自分の考えに引っかかりを覚え、首を傾げる。自己回復のどこが気になったのだろう。

「……そうか」

もしかしたら。

そうだ、何故気が付かなかったのだろう。ただの魔力では駄目なのだ。

私は自分のひらめきが正しい気がして、鼓動が速くなるのを感じた。

どきどきとする心臓の音を聞きながら、慎重にドラゴンの素材を手に取った。震える手で、調合箱に入れる。

ドラゴンの素材は魔力を入れて飽和させるのではない。必要なのはきっと聖魔法だ。聖魔法を素材に飽和させる。

今までやった事もないし、聞いた事もない。けれど試す価値はきっとある。

何度も深呼吸をし、息を整える。

やっと手が震えなくなったのを確認し、調合箱に手をあて中の一点に集中する。

聖魔法を少しずつかけて、素材の中を満たしていく。

不思議な事にぐっと今までの魔力単体とは比べ物にならない程の魔力が奪われていく。

じわりと額に汗がにじむ。こんな反応とは思わなかった。

私が魔法をかけているはずなのに、集中しなければ奪われてしまう。絞るように、私の中の魔力が意思に反して出ていかないように集中する。

少しずつ、少しずつ。どれぐらい時間が経ったかわからない頃に、唐突に魔法は入らなくなった。

ここまでだ。

私はほっと息をついた。汗で背中がべったりしている。息も苦しい。

ドラゴンは自己回復を持っている。聖魔法で過剰に回復させる事により、崩壊するように粉にする。

魔力だけで粉にすると、自己回復が働いてドラゴンの魔力がすべて引き出せないのだろう。内側から壊さなければいけない。

多分だけど、これが正解だ。

聖なる魔力を帯びキラキラと光る粉を見ながら、私は確信した。輝きが目に眩しい。今までなかった光は、素材の力を感じさせるものだ。

魔力がほぼ枯渇するまで使われたせいで、身体が痛い。でも、そんな事関係なかった。

残り少ない魔力で鑑定を行い、予想は確信となった。

これで。

これでミカゲは呪いから解放される。

私も誰かの役に立てる。他ならぬミカゲの役に立てる。

嬉しさと安堵と、それから何故か救われたような気持ちになり、私はそのまま意識を失った。

そうして、あっという間に二週間が経った。

「また無理してるんじゃないでしょうね？」

「無理なんてしてません！」

あの日倒れた私はファルシアがドアの外から必死に呼びかける声で目が覚めた。そのせいで今の私は信用度が最低に近い。

それでも慌てた顔と浮かんだ涙を思い出せば、申し訳ないという言葉以外出てこない。

私の言葉をまったく信じていない顔で、ファルシアは私の前にお茶と焼き菓子を置いてくれた。朝から調合準備をしていた私の為に用意してくれたようだ。

食事は一緒にきちんととっているのに、優しい。

「ありがとうございます。本当に元気なんですが……ファルシアさんの淹れてくれるお茶はなんだかほっとします」

「まったく、もう。リリーちゃんはすぐそう言うんだから。まだまだ細いんだから、なんでもたくさん食べなさい」

ファルシアはいつも食べ物を勧めてくれる。私が焼き菓子に手を付けたのを見ると、自分もカップを手に取り、何気ない感じで言葉をつづけた。

「そうそう。ミカゲが戻ってくるわよ」

「え！　本当ですか？　ミカゲさんは元気ですか？」

朗報だ。私はもっと話が聞きたいとファルシアを真剣な目で見つめた。

「自分の目で確かめれば良いわ。多分今夜あたり戻ってくるんじゃないかしら？　ギルドから連絡もらったからほぼ確実よ。ミカゲってば、リリーちゃんが作ったポーションも持って行ったんでしょう？」

「はい。本数はあんまり持って行けないというので、上級を十本ほど持って行っていただきました！」

「上級を十本とは、なかなかの大盤振る舞いねー」

「素材は家主さんのをお借りしましたけどね……。お会い出来たらすぐに返さないといけないです」

「ポーションなんて原価一割もないでしょう。ポーションを作って何本か渡せばそれでおしまいよ。それでも高いぐらいだわ。それに、家主にしたら大した額じゃないわよ」

「家主さんお金持ちそうですもんね」

思わず遠い目をしてしまう。ファルシアがそんな私を見て、思わずというように笑った。

「リリーちゃんだってかなりのお金持ちじゃない」

「私のはあぶく銭ですけどね。それに、お店がうまくいかなかったらあっという間になってしまいそうで怖いです……」

「うまくいくわよ。リリーちゃんは出来る子なんだから。それに、お店のコンセプトも面白いわ」

ファルシアにそう言ってもらえて嬉しくなる。

「じゃあ、もしファルシアさんが困ってる事があったら教えてください！」

私が張り切ってそう言うと、ファルシアはそっと自分の手を撫でてほほえんだ。

「……そうね。ミカゲにも怒られそうだけど、お客第一号としてお店が始まったら何か頼ませていただいていいかしら？」

「もちろんです！　お世話になったので、無料で何でも作ります」

「もー。安請け合いしないのよ。でも嬉しいわ」

「ふふふ。あ。ミカゲさんも帰ってくるなら、ごはん作らないとです！　依頼後って食が進まないとかってありますか？」

「依頼後は、普通にいつもの食事が食べたくなるわね……。ミカゲはどうだったかしら。特に食欲がないとかはなかったと思うけれど。そもそも好き嫌いがわからないわ。何でも何も言わず食べるわよね」

「ミカゲさんはトマト味が好きで、キノコ類は好きじゃないと思います。トマトとキノコの組み合わせって、定番っぽいイメージありますけどね」

「ええ!?　キノコ駄目なの？　今度からかおう」

「わー！　私が言ったって言わないでください！」

「善処はするわ。でも帰ってきたらすぐ言いたい」

「それ、私が言ったってすぐばれますよね！」

そんな風に二人で適当な話をしながらキッチンに向かった。

すっかり打ち解けられ、ファルシアはとても頼りになるお姉さまだ。

# 第五章　呪いは解かれる

「リリー！　無事だったか？」

きっちり二週間ぶりに帰ってきたミカゲは、少しやせたような気がした。綺麗に着込んでいた鎧にもかなり損傷が見られた。一番目立つのは肩だ。肩を守っていたものが、さっぱり消え失せている。服には血の跡がべったりついており、布の切れた部分からは肌が見えて、ぞっとする。

「無事じゃないのは、ミカゲさんじゃないですか！　大丈夫なんですか？　肩はどうしちゃったんですか？　こんな大怪我……！」

「リリーのポーションがあったから、どれも治ってる。問題ない」

ミカゲはそう言ってにっこり笑ったけれど、全然問題有りだ。

「治ったからって……！　ミカゲさん、そんな……」

ぼろぼろのその姿を見たら、私の目からは、涙が流れてしまった。

会ったときもそうだったし、ミカゲはそういう仕事だって知っていたのに。そして、ミカゲがやりたいのなら、それを咎めるような事はしたくなかったのに。

「わーリリー泣かないでくれ」

そう、ミカゲの戸惑った声がする。半端に上げた手が、どうしようかと彷徨っている。

どうにか涙を止めようとごしごしとこすっていると、パン！　という音がすぐそばで鳴った。

「はい、そこまでよー。私が居る事忘れてるでしょう。ほらミカゲ、そんなに嫌な顔したら仏のファルシアちゃんもご立腹よー」

「居たのかよ」

「当たり前でしょー。もー二週間リリーちゃんとべったり過ごさせてもらったわ」

ファルシアはミカゲに見せつけるように私の事を抱きしめた。私よりもずっと大きいファルシアの腕にすっぽり収まり、私の涙は落ち着いた。有り難い。

「やめろ女装野郎」

「わー驚きの悪口！」

二人がじゃれあいだしたので、私は懐かしい雰囲気に笑ってしまう。久しぶりに会うミカゲは全然変わってなくて、良かった。

「全くもう。冒険者仲間ならともかく、リリーちゃんは普通の女の子なのよ。こんなぼろぼろの姿で帰ってきたらびっくりするでしょう？　ちゃんと着替えてから来なさいよ」

そう指摘されて、ミカゲははっとしたように自分の身体を見た。

「……怖がらせてごめん。全然気が付かなかった。身体は無事だったし、気にしてなかった。いつもこんな感じなんだ」

「いえ、私も泣いたりしてごめんなさい。ミカゲさんの身体が心配で、怖くなってしまって。でも、無事だとわかって嬉しいです」

「うん。ただいま」

ミカゲは私に向かってほほえんで、手を出した。

私がそろそろと、その手を握ろうと手を出すと、ミカゲはさっと大きな手で握った。

「……おかえりなさい」

ただいまとおかえり。私の望みがまた一つ叶ってしまった。

人を待つ事は寂しくてそわそわして。そして、帰ってきた時には驚くほどに嬉しい。知らない感情ばかりだ。

「あーもう。ミカゲはこの後、あの家に戻るのよね？　食事までは時間があるだろうから、一回お風呂に入ってきなさい。私の家にその格好で入るのは駄目よ」

「食事なら、その辺で適当に……」

「馬鹿ね。リリーちゃんと私で作った食事を無駄にするのかしら？」

「リリー。食事、作っていてくれたのか？」

「はい。でも、食べたいものがあれば、買ってきますよ」

「いや、食べたいものはない。というか、リリーの作ったものがいい」

「私も作ってますけどー。もー。いちゃいちゃは禁止よ。リリーちゃんは、とっても心配していたんだから、そろそろミカゲも話しなさい。ずっと秘密では良くないわ」

「え！　……言うつもり、ないって言ったと思うけど」

「私もそう思ってたけどねー。リリーちゃんと一緒に住んで、気が変わったわ。ずっと、自分の気持ちをないがしろにされてきたのよ。あなたまで、そういう事をしてはいけないわ」

「……そう、だな。ありがとう、ファルシア。……リリー、帰ったら話がある。聞いて、くれるか？」

心配そうに揺れるミカゲの瞳を見つめる。私は二人の話は全くわからなかったけれど、安心してほしくてしっかりと頷いた。


そして、久しぶりの我が家で二人で向かい合ってお茶を飲む。私の家じゃないけれど。

気まずそうに大きな体を小さくして、ミカゲが両手で持ったカップをじっと見つめている。

「お風呂、先に入りますか？」

あまりにも俯いて目を合わせないので、その方がいいのかと思って立ち上がった。しかし、お風呂場に向かおうとした私の手を、思わぬ力強さでミカゲが摑んだ。

「……ごめん。先に話をさせてくれ。……今回の依頼は、リリーの家族をどうにかしたくて受けたんだ」

「え？　それって、どういう事ですか？」

「リリーが、家族にポーションを融通してほしいと頼まれている事を、知ってたんだ」

「えっ。もしかして、アンジェが何か……？」

「いや、ギルドで聞いたんだ。あそこの領地がポーション不足だって事を。それで、リリーの話のタイミングを考えたら、そうだなって」

「ああ、そうだったんですね。でも結局アンジェは来ませんでしたね」

「それは、ギルドから圧力をかけてもらったんだ。だから、もう来ない」

「え？　そんな事が……」

「リリーは妹と会いたいかもしれないけれど、嫌だったんだ。今回、依頼を受けた事で、もうあそこの領地で過剰なポーションは必要なくなる。言い方は悪いけど、もうリリーの妹は、リリーにポーションの融通の話をする必要がなくなったんだ。……彼女がリリーに用がなくなったら、会えなくなるかもしれないけど、それでも」

そう言うミカゲは、ほとんど泣きそうな顔をしていた。端整な顔がくしゃっとしていて、い。

とても可愛い。それに、ミカゲの話す内容は私を思いやっての事で、嬉しくないはずがない。

私は笑ってしまいそうなのをぐっとこらえて、怒った顔を作った。

「それでも依頼って危険ですよね。他の方法だってあったんじゃないですか？」

「いや……これぐらいならそんな危険ではないから。でも、リリーに、心配かけようと思ったわけじゃないんだ」

「でも、危ないですよね？　ミカゲさんって出会ったときだってぼろぼろでしたし、今回だって……！」

「……俺、黙ってたんだけどSランクなんだ」

ミカゲは非常に言いにくそうに、驚くべき事を言った。

「え？　Sランク？　それって幻では？」

「なんだよ幻って。でも、リリーもランクについては知ってたんだな。なんかホッとした」

「えええええ、なんですかそのテンション！　Sランクってあれですよね一人で竜を倒せる的な」

「一人だと流石に死にそうになるけどな。リリーと初めて会ったときもそれだ」

「なにさらっと言ってるんですか！　え？　本当に？」

「本当だよ。だから、本当に俺は大丈夫だったんだ。でも、リリーに黙ってこんな事したのはごめん。俺の為だったんだ」

「ミカゲさんの為……？」

全く意味のわからない事を言われた。私が首を傾げると、ミカゲは眉を寄せた。

「そうだ。俺が、リリーの家族の事が嫌だったんだ。もう関わってほしくなかった……。リリーは家族の事を大事にしているって、わかってたけど、それでも。だから後ろめたくて、リリーには言わないで動いたんだ。これが悪い事だと、知っていたんだ」

「……」

私は、言葉が出なかった。そんな風に、私の事を思ってくれる人が居るなんて。

私の沈黙を誤解したミカゲの瞳からは、とうとう涙が流れた。

「ごめん……」

私はミカゲの誤解を解きたくて、必死に言葉を重ねた。

「いえ、そうじゃないんです。あの、そんな風に心配してくれるなんて、私……うれしくて。今まで誰かに心配されたりする事なんて本当になかったので。私にとって、家族は大事でした。でも、家族は私の事が大事じゃなかったので、それで、私ずっと悲しくて。私、それでも仕方ないと思っていたんです。私は価値がなかったから、そうなんだって。だから、そんな風に考えてくれて、信じられない気持ちだったんです。全然、謝る必要なんて、ないです。あの、」

てしまう。

途中で、ミカゲに抱き寄せられた。銀色の髪の毛がすごく近くにあって、恥ずかしくなってしまう。

ぎゅうぎゅうとミカゲの腕に抱かれて、温かな体温を感じる。

どきどきとミカゲの心臓の音さえも聞こえてくる。それはとても落ち着く音で、私は力を抜いてミカゲの力に寄り掛かった。

しばらくそうしていると、不意にミカゲが私の名前を呼んだ。

「リリー。……リリーは、すごいよ。本当だ」

「ミカゲさん……」

私とミカゲはしばらく黙ってくっついていた。そして、しばらく経って、お互い赤い目を笑った。

「今回の依頼を解決した件で、パーティーがあるんだ。パートナーとして一緒に来てもらえますか？」

芝居がかった口調で、ミカゲが膝を折って、私に手を差し出してくる。私は、急な申し出に驚きつつも、その手を取った。

「よろしく、お願いします」

「ありがとう。すごく、嬉しいよ」

そう笑ったミカゲは私と同じように嬉しそうで、心がとても温かくなるのを感じた。いつまでもこうしていたくなる気持ちを振り払い、私は一つの瓶を取り出す。

キラキラと光る緑色の液体が入っている、ポーション瓶。ミカゲはそれを見て、驚きに目を見開いた。

私は瓶を傾けて、キラキラと光る液体を揺らす。

「お祝い、と言ってはあれなんですが、呪いを解くポーションのレシピが完成しました。ミカゲさんに飲んでもらいたいです」

「……ポーションが」

「そうです。ミカゲさんが討伐に向かっている間、私も遊んでいたわけじゃないんですよ」

そう笑って言うと、ミカゲの顔がくしゃりと歪んだ。

「ああ、もうリリー！　お前はどこまで俺を……」

ミカゲは乱暴に私の事を抱きしめ、頭を肩に押し付ける。その肩は震えていて、ミカゲの感情を表しているようだった。

「ミカゲさん、私はミカゲさんに救われてます。本当に、本当に……」

「っそんなの、俺のセリフだろう……」

ミカゲはそんな風に言うけれど、本当だ。私のほうが、きっと何百倍も救われている。

ミカゲに少しでも返せるといい。

ぎゅうぎゅうと抱き合いながら、私はミカゲの肩に頬を寄せた。

「味は残念ながら、段違いに悪くなってます」

「今言う事なのかそれは」

ミカゲの呪いは、その日解けてなくなった。

「ミカゲ・トリア」

厳粛な雰囲気の中呼ばれたのは、とても良く知った名前で。

そして、隣から壇上に向かうその姿は、とても堂々としていて格好良くて、知らない人みたいだった。

銀髪がキラキラと輝いて、まっすぐな瞳は意志の強さを感じさせる。一度も見た事がなかった正装だけど、服にも負けず、とてもよく似合っていた。

私は眩しいものを見るような気持ちで、ミカゲを見つめた。何やら功績が読まれているようだけれど、全然頭に入ってこない。ただ、ミカゲの姿を見ていたかった。

貴族ばかりのとても華やかなパーティーなのに、ミカゲはまったく見劣りしていない。それどころか、彼の周りだけ光って見えるようだ。

ミカゲから同伴を頼まれたこのパーティーは、スラート伯爵の開いたものだ。

私は聞いた事がなかったけれど、スラート伯爵はアンジェを囲っている相手だという事だった。アンジェが結婚していなかった事もショックだった。そんなアンジェの相手と会うのは、かなり複雑な気持ちだ。でも、ミカゲを見ていると、それすらも忘れてしまえそうだ。

ミカゲは今日のパーティーの主役なのだ。

ミカゲがギルドから受けたのは、ここスラート伯爵領の盗賊の討伐依頼だった。そして、討伐への感謝として、スラート伯爵の屋敷でパーティーが開かれたのだ。アンジェがポーションを必要としていたのは、領地に盗賊がいた為だったらしい。

そうして、すっかり夢中でミカゲを見つめていると、不意に目が合った。

気のせいかと思って目を瞬かせても、にっこりとこちらを見て笑うミカゲが映る。

「この度は、私のような冒険者に身に余る褒賞を頂き、感謝しています。盗賊の拠点を打ち崩す事ができ、スラート伯爵領の治安に貢献できた事大変嬉しく思います。そして、今回の私の任務に対して、非常に性能が高いポーションで支えてくれたリリー・スフィアに感謝を」

感謝の言葉を述べたミカゲは、私に向かって手を差し出した。思わぬ名指しにどうしていいかわからずに周りを見ると、そっと隣に居たファルシアが肩を押した。

「ミカゲの隣に行って、手を取るのよ」

周りの視線が気になりつつも、私はそろそろとミカゲの方に向かった。ほとんど泣きそうになっている私が手を取ると、ミカゲは力強く私の手を握り返した。

そして、腰に手を回す。

「わわ……ミカゲさん」

恥ずかしくなってミカゲを見上げたが、ミカゲはにこにこと笑顔を返すだけだった。

「彼女のポーションはとても素晴らしいです。嬉しい事に、彼女は王都で来月には店舗を構える予定です。私の力になってくれた彼女にも、是非拍手を」

謎の拍手につつまれ、私は居た堪れなくなって頭を下げた。

何とか笑顔を作りつつ、ミカゲにエスコートされながら壇上を下りた。

「ミカゲさん……！　急になんで……！」

「緊張するよな。こういうのって俺も苦手」

抗議すると、ミカゲはいたずらっぽく笑った。

「え？　ただの巻き添えって奴ですか？」

「いやいや、流石にそんな事はない。リリーの良さを広めたかったのは本当だけど。これで、リリーの後ろには俺が居る事がわかったはずだ。それに、貴族ばかりだ。この中からお得意様ができるかもしれないだろう？」

「あれってお店の宣伝になるんでしょうか……。貴族の方って、庶民からポーション買うのかな」

「どうだろうな。……そろそろ来るぞ嫌な奴が。リリー、嫌だったらすぐファルシアに合図をすれば、連れ出してくれる」

私は頷いた。ファルシアは後ろからそっと肩に手を置いてくれた。二人とも心配性だ。

ミカゲの視線の先に居たのは、細身のスーツを着こなした髭を生やした胡散臭げな男性だった。四十代ぐらいだろうか。いかにも貴族然とした、心の内が読めない笑顔だ。

「やあ、ミカゲ君。今回の事は本当にありがとう。我が領地の盗賊にはとても困っていたのだよ」

芝居がかったように手を広げ、歓迎の意を示しているが目が笑っていない。ミカゲはその事に気が付いているのかいないのか、にこにこと笑顔を返す。

「いえいえ。スラート伯爵のお役に立ててとても嬉しいです。ポーションの融通について、リリーにもアンジェ嬢から連絡があったという事で、かなり心配していたのですよ。随分ポーションが必要だったのですね。それだけ盗賊対策に使っていたのでしょうか」

「……いや、それはこちらで消費していたものだ。君には関係のない事だろう」

「そうでしたか。何か気に障りましたら申し訳ありません。マナー等には疎いもので。こちらは先程話に出てきたリリーです。とても優秀な薬師なので、今後何かあれば是非。ポーション不足の件についても、解決はしていても必要ないという事はないでしょうし。ただ、ご用の際は私が対応いたしますので、今後は当然アンジェ嬢を通す必要はありませんよ」

「……そうだな。専属で雇っている薬師が今は居ないので、もし何かあれば、よろしく頼むよお嬢さん」

「あ、ありがとうございます。……あの、妹が、お世話になっております」

「お世話に？　何の事だい？」

「私は、リリー・スフィアと申します。アンジェ・スフィアは妹です」

「何か勘違いをしているようだね。彼女と私は何の関係もないよ。ああ、引っ越しに関してはすこし手を貸したけれど、それだけだ」

「……何の関係も、ない？」

「他に何があるというのかな？」

スラート伯爵はそう言って、不快そうに眼をすがめた。すぐにその表情はにこやかに戻ったけれど、その視線に私は怖くなって下を向いた。間違った質問をしてしまったようだ。良く考えたらここは公的な場所なのだ。愛妾について言うべきではなかったのかもしれない。

「スラート伯爵とアンジェ嬢は、お知り合いだと聞いていましたが」

ミカゲが私を守るようにすっと前に出た。

「確かに以前は彼女と多少親しくしていた。だが、今は何をしているかもわからない。残念だが彼女は、私とは相容れなかったようだ。……ポーションの融通など頼んでもいないのに、余計なことをしてくれたものだ」

「伯爵を思ってのことだったのでしょう。それを切るとは」

「仕方がない事だ。このような事があって許せるほど私は寛容ではない」

「今の件は、覚えておいてください。私も寛容ではない事を、お忘れなく」

「……それでは、今日の主役はパーティーを楽しんでくれたまえ」

にこやかな顔は崩さないままに、最後は吐き捨てるように言って、さっとスラート伯爵は他の人の輪の中に入っていった。

「なによあれー私空気じゃなかった？」

私の後ろに居たファルシアが、不機嫌そうにしている。今日も安定の美女なのに、声をかけないでいられるなんて貴族はすごい。

「私だったら、こんな美女が居たら絶対名前が知りたくなっちゃうので、びっくりしますね。ああ、勇気が出なくて聞けないかもしれないです……」

知りたくても、出来ない事もある。スラート伯爵もそうなのかもしれない。隣には愛妾の姉が居て、更にはパーティーの主役であるミカゲもいたのだ。可哀想に。

私がスラート伯爵に同情していると、ミカゲが私の事を覗き込むようにして目を合わせた。

「大丈夫か？　リリー」

「え？　ああ、ファルシアさんに声をかけられないなんて、意外と奥手なのかなと」

私の言葉に、二人は弾かれたように笑った。

「あいつが奥手！」

「リリーちゃん。騙されちゃ駄目よ。あの男は見境なく手を出すんだから。私の事もきっと男だって気が付いてるから手を出してこないだけよ。リリーちゃんは可愛いから気をつけるのよー」

「私ほど誰にも気にされない人は居ないと思いますけど」

ずっと誰にも気にかけてもらえなかった実績があるのだ。

宝くじが当たってからは何故かついているようで、ミカゲやファルシアのように素敵な知り合いが出来たけれど。

「リリーちゃん……本当に気をつけるのよ」

ファルシアから真面目な顔で注意されてしまった。変な人も世の中には多いらしいので念のため気をつけよう。私はしっかりと頷いて見せた。

「伯爵は盗賊が討伐されたせいで資金源がなくなって不機嫌なんだろう。今後贅沢もできなくなってくるはずだ。食事にしよう。せっかく来たんだし、美味しいものでも食べよう」

私たちは食事が並ぶ一角に向かう。

流石は伯爵家主催のパーティーだけあり、様々な料理が並んでいる。甘いものも、焼き菓子から生菓子まで見た事ないものだらけだ。

「わわわ、どれも美味しそうです……」

「どれも美味しそうなのは流石だよな。ちょっとずつ取ってもらおう。待っててくれ」

そして取り分けてもらったお菓子はどれも美味しくて驚いてしまう。

ミカゲとファルシアは食事系ばかりを持っていた。

「……あの、さっきの事なんですが」

「どうした。他のケーキのが良かったか？」

何故かミカゲは私に甘いものを食べさせたがる。ミカゲとはだいぶ腕の太さとかが違うから、弱そうに見えるのだろうか。

これからは鍛えないと、と決意を新たにしているとミカゲが真面目な顔になった。

「バルコニーの方に行こう」

「じゃあ、私はまだここで食べてるわ。いってらっしゃい」

優雅にお肉をメインに食べていたファルシアが手を振ってくれる。綺麗な女の人がお肉を食べている姿は妙にどきどきする。ファルシアは周りの男の人たちに遠巻きに見られている気がするので心配だけれど、元冒険者だという事なので大丈夫だろう。

ふたりしてバルコニーに出る。

広大な手入れをされた庭が眼下に広がってとても眺めがいい。中の騒がしさや熱気から遠ざかった、冷たい風が気持ちいい。

ピンクのドレスのスカートが風になびく。着た事のない豪華な服に戸惑いつつも、綺麗だなと思う。

このドレスはミカゲが用意してくれたものだ。パーティーの様子を遠目に見ると、あの華やかなところに自分が立っていたなんて、ましてミカゲと一緒に壇上に居たなんて信じられない。

それでも鏡にうつった自分の姿はとても新鮮で、嬉しくなるものだった。……綺麗なミカゲとファルシアの隣に並ぶとだいぶ見劣りするという恐ろしさはあったけれど。

夢の中にいるような気持ちになっていると、隣のミカゲがじっと私を見ている事に気が付いた。

「すみません。ぼんやりしてしまって」

「え？　いや、ドレス似合ってるなと思って見ていたんだ」

ミカゲがそんな風に僅かに視線を逸らしながら言うので、私もすっかり恥ずかしくなってしまう。

「ありがとうございます。ミカゲさんも、正装とても似合ってます。パーティーにも慣れていて驚きました」

私は学生時代、一通りの講座を受講した。王城で働く事になる為、特に庶民の出のものには特別講座があった。まさかこういう風に役に立つとは思わなかったけれど、良かった。

それでも、ミカゲの所作が完璧に見える事に驚いた。

「俺もファルシアも、若いうちから大きな依頼を受ける事が多かったからな。こういうパーティーに呼ばれる機会が結構あったんだ。今は断る事もできるけど、若いうちはなかなかそうもいかなくて、しっかり学んだんだ。ファルシアなんかは今の仕事で役に立っていると言っていた」

「貴族の方のお相手も多そうですもんねお店。……それで、さっき言っていたアンジェの事ですけど、もしかしてギルドの依頼というのは、アンジェの件で……？」

「ああ。どうもスラート伯爵に切られたようだな……。俺としては、あいつに手綱を持っていてほしかったんだが」

ミカゲが苦しそうに眉を寄せる。

「私のために、あんな危険な事を……。無事で本当に良かったです」

「討伐なんか全然大丈夫だ。でも、リリーの家族がまた現れるんじゃないかと心配だ。ああもう。なんか裏目に出てばっかりだな。格好悪い」

「そうですか？」

「そうだよ！　……なんか、リリーは案外冷静だな。もっと、動揺するかと思った」

そう言って、ミカゲは私の肩にそっと手を置いた。私はその手にそっと自分の手を重ねた。

もう一方の手ではケーキを持っているので様にならないけれど。

ミカゲの下がった眉にちょっとおかしくなって、くすくすと笑ってしまう。

「もう、家族の事はいいんです。そうですね。確かにまた家に来るかもしれません。お金を渡して帰ってもらってもいいかなって思うんです。幸い今はお金もありますし」

「それは……！　お金は、それはリリーのだろう。あんな人たちに与える必要なんてない」

「お店買っちゃったんで、そこまでないですけどね。更には開業資金としても使いましたし。でも、逆に言えば私はそれだけあれば十分なんです。今まで何にも持ってなくて、ミカゲさんと会うちょっと前まで、お金があっても何も持っていない気持ちだったのに、今はたくさん持ってるんです。お金なんてなくったって、お店があれば稼げますし、問題ないです。ええと、お店はもちろん渡しませんよ」

本当にそうなのだ。満たされすぎているぐらいだ、と感じている。

「リリー……。そうしたらリリーが怒らない分、俺が制裁を加える」

そんな私に、ミカゲは真面目な顔で冗談を言ってくる。

「危ないですよそんな事したら」

「えー俺は天下のSランクだぞーつよいんだぞー」

ミカゲはおばけだぞ、のように手をあげて私の事を脅してくる。

私はついに吹き出してしまった。

そうして、二人で笑いあった後、音楽が聞こえてきた。

「ダンスが始まったな」

「そうですね」

「じゃあ、踊りましょうお嬢様」

「そうですね。嫌な事は後回しで」

「良くないぞそういうのは。……でも、まあ今はそうだな。俺が居るし、大丈夫だ」

ミカゲと私は案外踊れる事がわかった。お互いに意外だった。


そうして、しばらく忙しい日々が続き、今日は薬局を開く店舗の内装最終確認日だ。

センスのない私は、調合スペース以外はファルシアのセンスにほぼお任せにしてしまった。非常に申し訳ない。

それでも、ファルシアがさり気なくどちらが好きか、とか色はどういうものが落ちつくか等を聞いてくれて、かなり私の好みが反映されたものになった。

今までは特に考えた事のなかった、私自身について知る事ができて不思議な心地だった。

これは多分雇ったら高いやつだ。

ファルシアに感謝しながら、ファルシアについていく。私の隣にはミカゲも一緒だ。

私は隣のミカゲを見上げた。契約も残りは後二週間を切っていた。つまり、ミカゲが依頼を受けていなかったら間に合わなかったという事で、私はその事にも安心した。

「じゃあ、内装の確認をしましょう！」

「よろしくお願いします！」

「なんでお前が仕切ってるんだよ。主役はリリーだろ？」

建物は三階建てで、もともとは貴族向けの服飾品を売っているお店だったと聞いている。

一階は店舗、二階は居住区と調合スペース、三階を倉庫とした。調合スペースが近ければ、何かあった時にすぐに調整が出来そうだし、休憩も取りやすそうなので、この配置にした。

「時々は見に来てたけれど、壁紙が入って大きな什器も入ると違うわよねー」

そうファルシアが招いてくれた店舗内は、確かに今まで見ていた時と全然違っていた。

大きなカウンターに木製の陳列棚。

カウンターは来て頂いたお客様とゆっくり話す場合もあるかもしれないと思い、小さな椅子を何脚か並べてもらった。陳列棚にはポーションを置く予定だけど、ここに置くのは見本で、実際はカウンターから奥に入ったところにあるものを渡す形にしている。

カウンターは木目が綺麗で、木のいい匂いがする。少し触ってみたら、つるつるだ。

壁紙は確かに自分が選んだものだ。癒されるイメージを持ってほしくて、ミントグリーンを選んだ。それが壁の一面に貼られていて、残りは控えめな柄のクリームカラーだ。

優しい木の色に、優しい壁紙の色。そして明るい店内。

思った以上に華やかで、そして好みの内装だ。

私は嬉しくなって自然と笑みが浮かんだ。

……私の、お店。

じわじわと、本当に実感がわいてくる。

「とても、本当にとても素敵です。驚くほど素敵で、私……頑張ります。二人とも、ありがとうございました。とても、とても感謝しています」

悲しくないのに、涙が出てくる。

「ああもう。泣かないのよ」

「リリー。これを使ってくれ」

ファルシアが背中に手をあてて慰めてくれ、ミカゲがハンカチを出してくれた。

「ミカゲさんからハンカチとか、ぐすっ、ちょっと笑っちゃいそうです」

「なんでだよ。こんな紳士なんてなかなかいないぞ」

「紳士って、ファルシアさんみたいな人の事じゃないですか？」

「こんな女装してる奴が紳士とか普通ないだろ」

「紳士に決まってるだろう？」

ファルシアが急に男の人の声で話したので、思わず吹き出してしまう。すると、二人もつられて笑い出した。

キラキラした目で私のお店だと喜ぶリリーを見るのは、思いの外気分が良かった。

「ミカゲさん、ファルシアさん。本当にありがとうございます。……ファルシアさんには前にお礼をしようとして断られちゃいましたけど、出来たらポーションを作らせてもらえませんか？」

「え？　私健康体だけど。もしかしてお肌がつるつるになったりするポーションがあったりするのかしら。それならいくら出しても買うわよ」

ファルシアは冗談めかして言ったけれど、リリーは首を振った。

「あの、ファルシアさんは右手に怪我をしてますよね」

リリーの言葉に、ファルシアは目を丸くした。まさかそんなはずはない、と思っているのが伝わってくる。その気持ちはすごく理解できた。

自分も同じだったからだ。

「……怪我って言っても、これは昔のだよ」

そっと左手で右手をさすっている。その時の事を思い出したのか、ファルシアの口調が男のそれに戻っている。本人は気づいていないようで、淡々と続ける。

「リリーちゃんも鑑定があるんだったかしら。私も、鑑定を持っているから自分の傷については、良くわかっているわ。魔力の流れがおかしいのよね。日常生活を送る分には、そう問題ないけど」

それはミラーマジという、魔力の塊のような魔物だった。ミカゲとファルシアはその時、五人で別の魔物の討伐でダンジョンを訪れていた。警戒は十分だと思っていた。

しかし、大型の魔獣に気を取られ、木の陰から現れたそれについては警戒が薄くなってしまっていた。

あまりにも小さく、取るに足らない魔物に見えたのだ。

油断していた。

ミカゲは今も後悔している。大型の魔物と対峙して、目を離したら大きな一撃を与えられてしまうとじっと息をひそめ構えていた。目の端に入ったその生き物に関しては、最悪多少やられてもいいと思った。

魔力の塊であるミラーマジは、遠くから魔力を撃ち込んでくるという情報があったけれど、それだけだった。それくらいなら、多少受けたとしても問題にはならない。下手したら、装備で弾く可能性すらあった。

しかし、そんな魔物が後方支援に控えていたファルシアの右手に噛みついた時に、それらはすべて楽観視したものだという事がわかった。

遠くから魔力を撃つだけだと思っていた魔物が、物理攻撃に出たのだ。その場ですぐに別の仲間がミラーマジを斬り捨て、事なきを得たように思えた。

しかしその時から、ファルシアの右手に魔力はほぼ通らなくなった。右手以外から魔法を使う事は可能だったけれど、利き手からの魔法が使えなくなる事は冒険者にとって致命的だった。それでもそこら辺に居る冒険者よりは強い事に変わりはないが、それはファルシアが許さなかった。

そしてそのままファルシアは引退した。

魔力が通らない事もあり、右手は魔法を使わなくても多少動きがおかしいようだ。

「もしかして、リリー……」

期待しすぎないようにと思いつつも、それでもミカゲは聞いてしまう。すると、リリーは満面の笑みを浮かべた。

「この間ギルドの依頼のお土産にミカゲさんが持って帰ってきてくれた素材が、多分使えそうなんです！」

そう言って見せてくれたのは、ミラーマジだった。ミカゲがミラーマジのスライムのような身体を、核だけ壊して持って帰ってきたものだ。

今は保存用の瓶に入っている。

「……ミラーマジ」

ファルシアはため息のように呟いた。

素材は色々あった方がいいだろうと、何種類も持って帰ってきた。そして、その殆どをファルシアに加工してもらったけれど、ミラーマジだけはギルドに頼んだ。

「はい！　図鑑によると魔力の塊だという事らしいですね。家で魔力を通してみたりしたのですが、この素材を使えば魔力の動きを変える事が出来るようです」

「魔力の動きを変える？」

ぼんやりと、リリーの言葉を繰り返すファルシアに、リリーはただ頷いた。

「そうなんです。魔力を固定したり、逆に緩めたり。かなり汎用性がありそうです。そして、これを見た時に気が付いたのです。ファルシアさんの右手の魔力の動きがおかしいところを治せるんじゃないかって」

「右手が、治るですって……？」

「そうです。ファルシアさんと一緒に過ごしていて、たまにやっぱり不自由そうなところがあったので、治ったらいいかな、って。……いえ、思い出の傷とかで、治さないで残しておきたいとかだったら、本当、余計なお世話なんですが……。ファルシアさんは、魔法で素材の加工もしているし……」

最後の方は自信がなくなってきたのか、徐々に声が小さくなり下を向いてしまった。

そんなリリーの姿を見て、ファルシアは吹き出した。

「思い出の傷って！　確かにミカゲと依頼を受けた最後の傷になるから、思い出と言えば思い出なのかしら？」

「いやいや、最後だからいい思い出って訳じゃないだろ」

「まあ、確かにそうよね。でも、ミラーマジが出てくるとは思わなかったわ。見たくないと思っていたけれど、目の前にあれば案外平気なものね」

そう言って瓶に触れるファルシアの手はかすかに震えている。

全然大丈夫そうじゃない。

それでもファルシアは笑顔でリリーの顔を覗き込んだ。とりあえずミカゲは近すぎる距離からファルシアを引き離した。

「お前近い。やめろ」

「えーなんでよずるいわね。……リリーちゃん。この傷は思い出なんて全然ないし、治るなら治したいなって思ってたの。でも、治す手段がなくて諦めていたわ。……もし治る可能性があるなら、お願いしたい」

その声は乞うようで、ミカゲは胸が痛くなった。

「良かったです！　レシピは出来上がっているので、頑張って作りますね。もしかしたら飲みながら調整になるかもしれませんが」

「いいわよ。それぐらい、どうって事ない」

「……頼む。リリー……」

「馬鹿よねーミカゲは。今だって、全然楽しいんだから」

そう言って、ファルシアがミカゲの肩を抱いた。

「じゃあ早速はじめますね！　ミカゲさんに持ってきていただいていた荷物の中に調合箱が入っています」

しんみりしてしまった空気を全く読まずに、リリーが嬉しそうに指さす。

「なんだか重いなと思っていたら、調合箱だったのか……」

「はい！　今日作れたらいいなって思っていたので。他にもポーションの材料もろもろも用意してあります」

リリーが持っていた鞄の中からも、驚くべき量の素材が出てくる。

「お前の鞄、容量がおかしくないか？」

「あ、これ魔導具なんですよ。中の容量を増やせるんです！　重さは変わらないので、あんまり使い勝手がいいとは言えないですが」

「ええ!?　それってかなり高級品じゃないか！　俺だって持ってないぞ」

「私は持っているわよ。優雅な女は小さいバッグじゃないと」

「うわ。怪力のくせに図々しいな。でも確かに女の鞄は妙に小さいよな……」

「色々必要なのに、不思議よねー」

「私のものは自作なので、高くないんですよー。王城で働いていた時に、作り方を教えてもらえたんです！　材料費のみだとそんな高くなかったので、びっくりしちゃいました」

材料費のみだと安いのに、市場に出回るときは驚くほど高価。それが意味するところは高い技術力じゃないだろうか。

ファルシアとミカゲは目配せをしたが、結局お互い何も言わなかった。

これから作るポーションだって、高い技術力どころじゃない。代わりに、一つため息をついた。

「よろしく、お願いします」

「わわわ。なんか改まって言われると緊張します。私はファルシアさんにもミカゲさんにもお世話になりっぱなしなので、少しでも返せれば嬉しいです。じゃあ、はじめますね」

自分の価値なんて何にもわかっていないように、リリーは言う。実際、何にもわかっていないのだろう。

もっと傲慢になったところで、まったく問題ないのに。

そんな所が……とても可愛い。

ミカゲは自分の思考にはっとなり、首を振って邪念を払った。

大きなカウンターテーブルにリリーが向かい、ミカゲとファルシアは客のように向かい合って座った。リリーはこちらの事をちらりと見た後は、準備に集中する。

目の前に調合箱を置き、その横に複数の薬草と魔物素材、それに先程のミラーマジの瓶が置かれた。

ファルシアの冒険者としての未来を駄目にした魔物が、ポーションとなってファルシアの手を治療する。何とも言えない気持ちになる。

それでも、滅多に居ないミラーマジをつかまえてきて、このタイミングでファルシアに使えるのは、ミカゲですら運命を感じた。

ミカゲはもう、ファルシアの手が治る事を疑っていなかった。

ちらりと隣のファルシアを盗み見れば、無意識だろう右手をさすりながらじっとリリーの手元を見ている。その目は静かに見えるが、揺れている。

リリーは、薬草を刻んでいる。その手は相変わらず素早く、正確だ。刻んだ薬草は調合箱の中に入れた。そして、次に魔物素材を取り出した。

ミカゲにはその魔物の断片からは、何の素材なのかはわからない。

「魔物素材って切るのも大変なのよね……」

ファルシアはひとりごとのように呟いた。

「でも、多分あいつ切らないぞ。切るのすら大変だったとは思わなかったけど」

ミカゲがそう答えると、集中していたのかはっとしたようにミカゲを見た。しかし、すぐにまたリリーの手元に視線を落とした。

「切らない？　……硬いというよりは、魔力をナイフにまとわせないと、弾かれて切れなかったりするのよ。魔物によって必要な魔力の量はそれぞれ違うから、調整しながらじゃないとうまく切れないのよ」

「そうなのか……」

リリーはこの間と同じようにえいえいという気の抜けたかけ声で、手に持った魔物素材をそのまま調合箱の中で粉砕した。

「うわ。なにあれ。あんな事できるの？　信じられないわ」

「あれ、謎すぎるよな」

ミカゲとファルシアが調合の邪魔をしないようにぼそぼそと話し込んでいると、リリーが顔をあげた。

「ええと、材料は多分これで足りると思います。後はミラーマジを入れるだけですが、ある程度混ぜてからの方が魔力が逃げなくていいと思うので、先に他の素材を液体にしますね。ミラーマジは魔力の塊なので粉にせずにこのまま使う方が効果が高いです」

今回も解説してくれるようだ。

調合箱の左右から挟むように両手をあて、調合魔法をかける。素材はぐるぐると回りだし、凝縮と解放を繰り返している。

「じゃあ、だいぶ液状化したので、ミラーマジを加えて、更にこの段階で聖魔法を混ぜ込みます。他の魔法よりも聖魔法は癒やしの効果があるからか、癒やす方向にポーションの効能が付くみたいです。ドラゴンを粉にするときも聖魔法が必要でしたし、調合と相性がいいのかもしれませんね。ここはミカゲさんにも言いましたが、まだ研究中です」

「ちょっと何言ってるかわからなくなってきたわ」

「安心しろ。二回目の俺もわかってないから」

リリーは瓶をあけ、傾けて調合箱に入れる。青いどろっとした液体になっているミラーマジは、ゆっくりと調合箱の中に落ちていった。

そして、再び手をあてて調合魔法と、今度は聖魔法を入れて凝縮と解放を繰り返す。

「スピード感が半端ないわ……。それに、なあにあれ。全く見た事のない方法だわ。ミカゲの呪いが解けたっていうのも、これなら信じられる……」

やがて液体はキラキラと青い瞬きを繰り返しながら、渦を描くスピードが緩くなっていく。

「きれいね……」

ファルシアは夢見ているように、呟いた。

『定着』

そうこうしているうちに、リリーは定着魔法をかけ、液体を瓶に移した。そして、そのままずいっとファルシアの前に置いた。

カウンターテーブルは大きいので、手渡す事はできなかったようだ。

「はい。完成しましたー。ファルシアさん、良かったら飲んでください。怪しいと思うので、鑑定してもらって全然かまわないので」

「なんだかとっても力が抜けるわね。あんな技術を見せられて、怪しむも何もない気がするけれど、興味があるから鑑定はするわ」

ファルシアは大事そうに瓶を手に持ち、鑑定を行ったようだ。緊張を隠し切れない顔をしつつも、リリーに笑顔を見せた。

「どうでしたか？　何か問題はありましたか？」

「いいえ……確かにこれは、私の為のポーションだわ」

じっとポーションを見つめ、意を決したようにぐっとポーションをあおり、目をつむった。

リリーは不安そうにファルシアを見つめている。

「ファルシアさん。……大丈夫ですか？　飲んだ事ないので、味が変だったのでしょうか」

「いや、大丈夫だろ。冒険者の時なんて、こいつは何でも食べる事で有名だったんだ。魔物も、進んで料理してたし、はずれの味の時はかえって勉強になるとか言って逆にもりもり食べてたんだ」

「えっ。ちょっと今からは想像つかないですね……」

「今はすっかり上品ぶった女装野郎だもんな……」

「ちょっと、適当な事言わないでちょうだい！」

リリーに嘘を吹き込んでいると、ファルシアが我に返ったように、抗議してきた。

「いや、ちょっと暇だったから」

「人がポーション飲んでる間暇って、どういう事よ」

「あの、お味はどうでしたか？」

「……必要なのはお味じゃなくて効いたかどうかじゃない？　ちなみに味はとっても美味しくなかったわ」

「あー……。ミラーマジ単体でちょっと口に入れてみたんですが、なんかえぐい味でした。ポーションになってもやっぱりそのままですよね……」

なぜかしょんぼりするリリーに、ファルシアは自分の顔を両手で覆った。

「いや、そういう事じゃなくて……ああもう。効果はあったわ。全く問題なくね。……リリーちゃん。ありがとう、本当に」

くぐもった声で、お礼が聞こえてくる。その表情は見えない。

「良かったです！　少しでも返せていたら嬉しいです」

「もう、少しじゃないわよ。本当に。……私、リリーちゃんのお店、全力で応援するわ」

顔は見せないままに、いつものように話すファルシアを見つめてにこにこしている。

リリーはただ嬉しそうに、ファルシアを見つめてにこにこしている。

「なあファルシア。……本当に、治ったのか？」

「治った」

その言葉を聞いたミカゲはさっと立ち上がり、腕を掴んでファルシアの事も立ち上がらせた。

「リリー。ちょっとファルシアを送ってくる。……戻ってくるから大人しくしておくんだぞ」

「なんですかそれ。もう子どもじゃないんですよ。ふふふ。それじゃ私は残った素材でポーション作っています。ゆっくりしてきてくださいね」

そう言って、カウンターの向こうからリリーはひらひらと手を振った。

気遣いが有り難い。

「じゃあ、またねリリーちゃん。開店の日はお花をいっぱい贈るわ。もちろんその前にも会いましょうね」

「はい！　しばらくはお店でポーション作りしますから、いつでも」

店を出て、本当に歩いてすぐファルシアの店に着く。

自分の店のカウンターにある椅子に座って、ファルシアはやっと顔をあげた。涙は出ていなかったけれど、目がうるんで赤くなっているのがこの暗がりでもわかった。

酒の入ったグラスをファルシアの前に置き、ミカゲは隣に座った。

「リリーはやらん。俺のだ」

「何なのよ急に。……でも、ちょっとわかったわ、ミカゲの気持ちが。ああ、そうね、あれはやばいわ。何か良くわからないけれど、救われた気持ちになった」

「……そうなんだよな。なんだか、すべてが大丈夫になったような気になるんだ。……危ないポーションとかじゃないよな？」

「ふふふ。どうかしらね。……でも、お店はきちんと護りを固めないとね。利き手だと全然違うから、いろいろできると思うわ。明日から早速罠張りましょ」

「お前の罠は極悪すぎだろ。リリーがかかったらどうしてくれるんだよ」

「確かにあの子はなんだかそういうのに引っかかりそうな雰囲気があるわ。……仕方ないわね。防犯用の魔法陣をいくつか貼っておくぐらいにしましょう」

「おー元Aランクの技術なら、安心感増すな」

「ふふふ。小手先の技は増えたから、こういう事に関してはむしろ良くなった気がするわ」

「じゃあ、お祝いに、少し飲んでから帰ろうかな」

「そうしましょう。……ありがとう。ミカゲもいつまでも気にしないで」

「……そうだな。本当に、良かった。あの時、俺はきっと油断したんだ。Sランクだっていう驕りがあったのかもしれない。ずっと、申し訳ないと思ってた……」

「馬鹿ね。……お互い、本当に良かったわ」

「もう冒険者に戻る気は？」

「もちろんないわよ。素材待ってるわ」

「それは任せといてくれ。もう呪いもないし、いい薬師がついてるからな」

「その間に、私は薬師と仲良くして待っているわ」

「全く行きたい気持ちが失せたな」

どちらからともなく、お互いにグラスを合わせた。その音は、忘れられない綺麗な響きだった。

***

ミカゲとファルシアが居なくなった静かな店内で、私は調合箱と向き合っていた。

周りには、薬草や素材が並んでいる。

どれも、ずっと渇望していたと言ってもいいものだ。

薄暗い店内では、ファルシアと選んだ、花の形の照明がついているだけだ。花の照明は魔石の光の原色ではなく、色ガラスを通しているため暖かいオレンジ色だ。自然と笑みがこぼれる。すべてが、私のものだなんて。

静かな部屋は、家族と居た時の事を思い出す。

でもあの時はこんな暖かな光がある所ではなかったし、魔石についても節約を求められていた為快適な環境とは言えなかった。

あれはあれで、勉強には集中できたけれど。

両親がどこからか借りて来た本を読むときは、内容に没頭して現実がすべて飛んで楽しかった。

「まあ、感謝は出来ないけどね」

口に出してそう言う事で、昔の記憶をため息とともに吐き出した。

そろっと調合箱を撫でる。ひんやりとしたガラスが手になじむ。魔力の通りがよく、とても使いやすい。王城で使っていたものよりも、かなり自分に合っている気がする。あれもかなり高級品だと聞いていたが、それとは違う反応の良さ。

これがあれば、薬局としてやっていけるような、そんな心強さがあった。

私が薬草を刻むために並べていると、カタリと物音が聞こえた。

思ったより早かった。そうだ、ドアにベルでもつけようかな。

出迎えるために立ち上がると、ちょうどドアが開いた。

「早かったですね。ファルシアさんは問題なさそうでしたか？」

そう声をかけるが返事がない。不審に思ってドアをもう少し開けて外を見ると、ぐいっと手首を掴まれる。

「えっ。……うそ……」

「嘘ってなによ、リリー。あの家には入れないし、いつも変な男たちが一緒だったからなかなか声がかけられなくて困ったわ。私が羨ましくなって結婚でもしようと思ったのかしら、地味なくせに。話があるから早く店に入れてちょうだい」

そう、当然のように私に命令するのは、妹のアンジェだった。

夢だと思いたくて目をつむったけれど、関係なく、アンジェは続ける。

「なにそんな顔してるのよ。……今は他に誰も居ないわね？　まったく、困るわ」

「なんで、ここに……」

そう言うと、頬に衝撃が走った。身体もふらついたけれど、手首を掴まれているので転がらずに済んだ。

「あんたがエルリック様に色々吹き込んだんでしょう？　そのおかげで私もお父様もお母様も、エルリック様が用意してくれていたお屋敷から追い出されてしまったのよ……ふざけないでよ！」

そう怒鳴って、それでも怒りが収まらなかったのかもう一度頬を叩かれた。今度は手首を離されていたので、地面に強かに肩を打ってしまった。

エルリックとはスラート伯爵の名前だろうか。私は伯爵が私に名乗らなかった事に思い当たった。

「私は、特に何も……」

私は肩を押さえつつ、アンジェを見た。

アンジェは、私が最後に見た時よりも、更に綺麗になっていた。もともと輝くようだった髪の毛も、更に手が入ったようだ。目が合うと吸い込まれそうだと言われていた藍の瞳は、今は燃えている。

良く知っている表情に、何故だか、ああアンジェだと思う。家に居た時は父さん、母さんと呼んでいた気がするけれど、貴族と付き合うようになって変わったのだろう。

これが、私の家族。

私は、立ち上がってアンジェを見つめた。

「なんなの、その目は。早く中に入れなさいよ」

「……入って」

「入ってください、でしょ」

「……っ」

私が無言でドアを開けると、アンジェは当然だと言うように口角をあげた。そして、私の隣を通って店内に入る際に、先程地面にぶつかった肩を叩いた。

声が出そうになるのを、下を向いて耐える。

アンジェはそのまま、まるでこの店の主かのように、先程までミカゲが座っていた席に座った。

その席に座らないで、と言いたいのに、アンジェを目の前にすると声が出ない。

恐怖にも似た感情が、戻ってくるのを感じる。

「ねえ」

「……なんですか」

「お茶も出ないのかしら」

首を傾げてそう尋ねるアンジェは、無垢な表情だ。

高圧的な態度だと思うけれど、昔から誰もそうは思っていなかった。私になら当然だと。

そして、私もそれを悲しみつつもずっと受け入れて来た。そして、やっぱり今も受け入れつつある。

長年の習慣とは抜けないものだと、ため息が出る。ポーションを頼まれた時だって、結局そうだった。

「ここは居住スペースではないので、お茶は出せません」

「なによ。何にもないとかずいぶん気が利かない店ね。……まあ、リリーのお店だし仕方ないのかしら」

「……何の用ですか？　スラート伯爵はもう、ポーションは必要ないはずですよね」

そう言いつつも、用はわかっていた。

お金だろう。スラート伯爵に縁を切られたと聞いた時から、こうなる事はわかっていたのだ。

「私たち、今はフラミック宿に居るの。でもかなり手狭だし中心街から離れてるわ」

フラミック宿は、私の感覚からすれば高級宿もいいところだ。確かに街の中心部からは少し離れているが、その分広々と作られている。

あそこを手狭と言うなんて、貴族の生活は信じられないものだったようだ。

そして、仮宿としてもそんな所に住めるだなんて、スラート伯爵は案外手切れ金を弾んだのだなと思った。

「そうなんですね」

「その点、ここはいいわね。中心街からも近いし、かなりいい物件だわ。調度品もまあ、そこそこなんじゃない？」

アンジェは値踏みするように、店の中を見回した。そして小首を傾げるようにして、そう、評価した。

「そこそこじゃないわ。私の為にファルシアさんが一緒に選んでくれたのよ。あなたにそんな事、言われたくない！」

どれが好きなのかと、一緒に探してくれたファルシアの好意を踏みにじられた気がして、私はアンジェに反論した。

目の前が怒りで赤く染まる。初めて、アンジェを殴ってやりたい衝動にかられる。こんな激しい怒りは初めてだった。

怒りを滲ませた私の震える声を全く気にした素振りもなく、アンジェは続けた。

「ファルシアってさっきまで一緒だったあの女？　それとも、あんたが一緒に住んでる男の事かしら。あの男が住んでいる家もすごい所よね。……まさか、あんたがあんな男を捕まえるとは思わなかったわ」

「ミカゲさんとは、そういう関係ではありません」

「あの家の持ち主がミカゲっていうのね。まったく、不愉快だわ。あの男もこんな女のどこがいいのかしら？　でもまあ、こんな店を開いてくれるぐらいだから、お金持ちなんでしょう」

「そんな風に言わないでください」

「なんでリリーが私に口答えしてるの？　リリーからそのミカゲさんに、家族にも家を用意するように頼んでほしいの。あの家でもいいし、新しい所でもいいわ。この辺の家で、いつものように受け入れない私を不思議そうに見つめ、アンジェはいつものように言った。

「そんな事できるはずないでしょう」

狭いのは嫌だわ」

「家族なのに、なんでそんな事言うの？」

「家族って……私が家族だった事なんて、ないじゃない！」

いつもいつも、この言葉に打ちのめされてきた。こうしたら、家族として扱われるかもしれないという期待をしては、裏切られてきた。

家での立ち位置は、召し使いと同じだった。それ程裕福ではない我が家に、本当の意味の召し使いはいなかったけれど。

掃除をして食事を作り、空いた時間で勉強をする。

ただ、一緒にごはんを食べたかった。ただ、頭を撫でてほしかった。すべて与えられているアンジェが羨ましかった。

「何を言ってるの？　あなたはいつでも家族だったわ。新しい家を用意できないのなら、また一緒に暮らしてもいいのよ。お父様とお母様だって、許してくれる」

慈愛に満ちた笑顔で、私に提案してくる。

最低だ。

……ああ、でも、本当にすごい。

私は、嬉しくなった。

胸元につけていた、ペンダントに触れる。今まで、着飾ろうなんて思った事もなかったので、まだつけ慣れないペンダント。そうだ。

「許してもらう必要なんて、ないわ。私はもう一緒に住む気はないし、ミカゲさんにそれを頼もうとも思えない」

私ははっきりと、アンジェに向かってそう伝えた。

私の反応を見て、アンジェは明らかに動揺した。それはそうかもしれない。家族と口に出されて、私が逆らった事などなかったのだから。

家族に入れて貰えるという提案を受けても、私の感想は『最低』だった。そんな風に思えた事が、とても嬉しい。

私は、本当の意味で、私の家族と決別できる。じわじわと実感がわいてくる。

今すぐにファルシアに会って話したい。ミカゲにお礼を言いたい。

「リリー、家族がそう言っているのよ？　助け合わないと」

「私が助けてほしいと思ったときに、助けてくれるの？　いいえ、私に何かあった時でも、あなた達は気にもしなかった」

「そんな事ないわ。あなたは勉強が好きだったし、家事も得意だから頼ってしまったところはあると思うけれど、私たちはあなたの事が好きだわ」

私の気持ちが動かないと知ると、更に踏み込んで好意を口にした。今まで聞いた事のない好意。少し前の私だったら、飛びついていただろう。私は自分が可哀想になった。知らず、涙が出てくる。頬を伝うそれに気が付いて、私は慌てて袖口で拭った。

「私は、あなたたちの事は好きじゃない」

私の言葉に、アンジェは困った顔をした。

「ああ、リリー可哀想に。家族の事を信じられなくなってしまったのね。大丈夫よ。私たちはずっと一緒に居てあげるから。ミカゲという男だって、一緒に居たっていいのよ」

アンジェはそっと近づいてきて、私の肩を抱いた。その行為によって、驚く事に家族と触れ合った記憶がない事に気が付いた。ただ、同じ空間に居ただけの血が繋がっているだけの人たち。

「残念だけど、私はもう、そんな言葉じゃ騙されないわ」

きっぱりと言って、肩にまわされた腕を外す。私のその行動に、アンジェはため息をついた。

「ああもう、仕方ないわね。そうよ、私だって全然リリーの事なんて好きじゃない。陰気臭いし、何故こんな冴えない人が姉なのかってずっと疑問だったわ」

アンジェの言葉に、少なからず私は傷ついた。その通りだった。それでも、私も笑顔で答えた。

「私は、ずっとあなたの事は可愛いと思っていたわ。皆に愛されて当然だって。そして、私は愛されなくても仕方がないと」

「もちろん、そうよ」

「でも、今は違う風に思うの。あなたはどうしてそんなに性格が悪くなってしまったのかしらって。そして、どうして貴族の愛妾なんてしていたのかと」

「なんですって！　エルリック様は私の事を愛していたわ！　とても大事にされていたんだから」

「それなのに、すこし問題があっただけでお別れになってしまったの？」

「……あんたが、何か言ったんでしょう。エルリック様から、姉に聞けと言われたわ」

可愛い声が台無しになってしまうような低い声で、憎々しげに私の事を見つめる。

「私には、わからないわ」

「とぼけないでよ！」

苛立ったアンジェは、私の机の上にあったものを力任せに床に落とした。薬草が散らばり、大きな音がして私の調合箱が床に転がった。

慌てて調合箱に駆け寄り、床に手をついて傷がないか確認しているとお腹に衝撃が走った。そのまま私は転がり壁にぶつかった。その衝撃で、棚からポーション瓶が落ちてくる。

ガシャンという音がして、ガラス瓶が割れる。周りにガラスの破片が散らばっていて、慌てて手をついたところガラスの破片にあたりざっくりと手が切れてしまった。

「馬鹿みたい。リリーはそんな風に転がっているのがお似合いだわ」

私の事を見下して、嘲笑するアンジェが目に入る。彼女が蹴ったらしいお腹も、肩も手も痛い。

でも、怖くない。

私には、知識があるのだから。

手が切れるのも構わずに、私は立ち上がった。そして、たじろぐアンジェの隣を通り抜け、カウンターの裏に置いてあったポーションを飲んだ。

上級ポーションはすぐに効果が現れ、傷が癒える。

「馬鹿みたいなのは、あなたよアンジェ。いつまでも私は家族に囚われてたりはしないし、傷つけられたとしても、私は薬師よ」

「なんなの！　偉そうに！　いいわよ、そんな態度なら」

そう言って、アンジェはポケットから笛のようなものを出して吹いた。音は鳴らないので、多分合図を送る魔導具だろう。何か別の効果があると大変なので、念のため耳を塞いでしゃがむ。

その態度を誤解したのか、アンジェは勝ち誇った顔をしている。

そして、ドアが開いた。

「この女を、痛めつけて！」

「なんで俺がそんな事しなきゃいけないんだよばーか」

叫んだアンジェに答えたのは、場違いな程呆れた声だった。ドアから良く知った顔が現れる。ミカゲだ。息が切れているのが、遠目でもわかる。

「な、なんであんた達なのよ！」

「なんていうか、リリーの妹で貴族の愛妾なんてやってた割に、下品なのな」

「なんですって！」

恐らく、今まで言われた事のない評価に、アンジェは怒りをあらわにした。ミカゲが綺麗な顔をしている事も一因だろう。

「私に向かって、そんな事言うなんて。リリーみたいな女と一緒に居るだけあって、目が腐ってるんじゃないかしら」

それでも馬鹿にしたように言い募るアンジェに、ミカゲはさっと近づいていく。何気ない歩き方だが、怯えたようにアンジェは一歩下がった。

「俺は、自分の不甲斐なさが嫌になってるところだ。気分よくファルシアと飲んでいたら、リリーから危険との合図があって、飛んで来たらお前が居るだなんてな。とんだ失態だ」

「危険の合図……？　いつの間にそんな……！」

あまりにミカゲが心配するので、以前ギルドで見た呼び出しベルをミカゲの素材を使って作らせてもらったのだ。何かあればすぐ呼ぶとの約束で。そして、ずっとペンダントとして首にかけていた。

その時はミカゲの警備員としての責任感に驚いたけれど、実際にこういう場面になれば、それはとても心強いものだった。

そして、自分で作ったものだし、ミカゲには大きな声では言えないけれど、彼から気持ちをもらったようで、とても嬉しかった。撫でているだけで、守られているような気になる。

契約が終わっても、呼び出したりしないので貰えないか交渉する予定だ。

「お前に言う必要はない。スラートの野郎がお前との縁を切ったと聞いた時は問題を起こされると面倒だと思っただけだったが、リリーを害する気なら話は別だ。お前はスラートに返却する」

「えっ。戻れるようにしてくれるの？」

「スラートの弱みはこちらで握ってるんだ。当然、盗賊の拠点にあった証拠は確保してある。二度とリリーの前に立てないように、お願いしてやるから安心しろ」

ミカゲは優しげな声で言うが、それでも目が笑っていない。そのお願いが穏やかなものではないのを感じる。

それはアンジェも同じようで、更に一歩後ずさり逃げようとする。

次の瞬間、ミカゲはアンジェの手を後ろで捻り上げていた。

「離しなさいよ！」

アンジェは気丈にもミカゲに怒鳴りながら暴れているが、まったくびくともしていない。

「離すわけないだろ。外にいた奴らもお前が雇ったんだろう？　リリーを痛めつける為に」

「そんなの、知らないわ」

「じゃあ、顔でも見せに行くか？　事実確認は大事だもんな」

ミカゲがもう一度手を強く捻ると、アンジェは顔をゆがませて、首を振った。

そうして、アンジェが大人しくなったところで、ミカゲは私の顔を見た。その表情は先程と違い、眉を下げて困っているように見えた。

「……リリー、こいつお前の妹だけど捨ててきていい？」

拾ったゴミみたいな扱いをされ更にアンジェは暴れているけれど、構う様子もなくミカゲは私に尋ねて来た。

その対比に私は思わず笑ってしまった。

「うーんそうですね……。でも、確かにもう会いたくないのは間違いないです」

「なんでそんな事言うのよ！　リリー！　家族でしょう助けなさいよ痛いわ！」

確かにミカゲに掴まれた手は痛そうで、可愛い顔はゆがんでいる。

でも、私にはもうそれを可哀想だとか思う気持ちは生まれてこなかった。

「家族として、いえ、そうじゃなくても……もう少し優しくしてほしかっただけなのよ」

私がアンジェに向かってそう言うと、アンジェは繕うように笑った。

「さっきも言ったでしょう？　これからは、家族として暮らそうと」

私は首を振った。

「家族として暮らすという事が、私にはもう、想像できないの。ずっと一人で食事をしていたわ。お友達もできた事がなかった。ミカゲさんと暮らして初めて、誰かとの食事を楽しめたの。あなた達と笑いあって食事をする事は、もう出来るとは思えないわ」

「リリー……。覚えてなさいよ。こんな目にあわせて……！」

アンジェは、立場が悪くなると優しい言葉をかけてくるが、私を見下しているのは間違いない。

この人たちに一体、何を期待していたんだろう。

「リリー。お前がこんな女の言葉に傷つくのは嫌なんだ。……もう黙らせていいだろう？」

ミカゲが懇願するように呟く。私は自分がいつの間にか泣いている事に気が付いた。

「大丈夫ですよ。もう、大丈夫なんです。ミカゲさんが私に、家族じゃなくても、関係ないって教えてくれたので。アンジェより、家族より、ずっとずっとミカゲさんが大事なんです」

私が涙を拭いてほほえむと、ミカゲも照れたように笑う。

アンジェが何事か叫んでいるが、もう、いい。

そうしてミカゲと見つめあっていると、ドアからファルシアが顔をのぞかせた。すっかり拗ねた顔をしていた。

「ちょっとー。私はいつまでこの馬鹿みたいな男たちを見張ってないといけないの？」

そう言いながら入ってきたファルシアに、ぎょっとする。筋肉がついた体格のいい男を三人軽々と引きずってきたからだ。足を縛られた三人は、皆意識がないようだ。

その男たちを見たアンジェは顔色を悪くし、黙り込んだ。

「ファルシアさん、それ……」

「こんな男を三人も集めて、そこにいるお嬢さんは一体何をする気だったのかしらね。あらあら、お店もすっかり散らかって」

ファルシアもほほえんでいるが、やっぱり目が笑っていない。

ふたりとも心配してくれたんだな、と胸が温かくなる。

「ミカゲさん。……お手数をお掛けして申し訳ありませんが、スラート伯爵にお返し頂けるでしょうか」

私が頭を下げると、ミカゲは慌てたようにアンジェに手刀を食らわせて床に置いた。

そして、そっと私の事を抱きしめてくれる。

「良かった。……本当に。こわい目にあわせて、ごめん。護衛失格だ」

「いえ。全然そんな事なかったです。ミカゲさんに連絡が取れて、何かあっても助けてもらえると思ったら、すごく安心したんです。今までだったら、きっとアンジェの誘いに飛びついてましたが、そうはならなかったんです。嬉しいです」

「ありがとう……」

ミカゲはもう一度ぎゅううっと私を抱きしめると、私からそっと離れた。離れてしまった体温に残念な気持ちでミカゲを見ると、ぱっと目が合った。

真剣な瞳が、私の事をじっと映している。いつもと違うまなざしに、何故か心臓がどきどきしだす。

「あの……」

「リリーが無事で、本当に良かった。心配どころじゃなかったんだ。本当に」

ミカゲが呟く。その響きは真剣で、ミカゲの不安が伝わってくるようだった。震える手が、私の手を取る。ひやりと冷えた手が、ミカゲの緊張を表しているようで、私も息を詰めて彼を見つめた。

「リリー。……契約が終わっても、一緒に居てくれるか？」

その言葉は夢かと思った。あまりにも願望そのままだったから。

しかし、ミカゲの目は真剣で、私の言葉を何故か心配そうに待っている。

「……はい。はい！　本当に、本当に嬉しいです。夢みたいです」

「……俺もだ、リリー」

「私、ずっと、ずっと……」

嬉しくて、涙が出そうになって言葉に詰まってしまう。今まで、ずっとそうなったらいいな、と思っていた事をミカゲから申し出てもらえるという事に、胸がいっぱいになる。

そんな私の様子をミカゲは優しく見守ってくれる。そっと、私の頭に置かれた手は温かく、安心感がある。

「リリー。これからも、よろしくな」

私はミカゲを見上げた。すると、綺麗な顔をくしゃっとさせてほほえむミカゲと目が合った。結局、私の目からはどんどん涙が溢れてしまう。

「ミカゲさん……。私からも、よろしくお願いします」

そう言って私が手を差し出すと、ミカゲがその手を両手で握った。そして、その手を自分の顔の高さまで持ち上げ、キスを落とした。

突然のキスに私は動揺してしまうが、ミカゲはいたずらっぽく笑うだけだった。

そのまま私の手を引き、ミカゲは今度は私の頬にキスをした。

……なんで、キスなんて。

あまりにも近い距離にミカゲの顔があり、私は顔があっという間に赤くなった。そんな

私の顔を見てミカゲは嬉しそうに笑う。

そのあまりに嬉しそうな笑顔に、誤解しそうになる自分を慌てて叱咤する。ミカゲは親愛を示してくれただけだ。きっとそうだ。

そう思いつつも私は、いつかこの関係が更に進展したらいい、と図々しい事を考えていた。

# エピローグ

「ファルシアさん！　私、ミカゲさんとお友達になる事ができました……嬉しいです」

「あらあら。良かったわね。私とも、とっくにお友達よリリーちゃん」

そう言って、どさくさでリリーを抱きしめるファルシアをミカゲは止める事すらできなかった。

呆然(ぼうぜん)とする。

一世一代の告白だと思ったのに、全く伝わっていなかったとは。

ファルシアはミカゲの事を見て、ふふんと笑う。

「私にも、まだチャンスがあるって事かしらね」

「ねえよ！」

「ファルシアさん、何のチャンスですか？」

「もっと、仲良くなりたいって事よ」

全くわかってなさそうだけれど、嬉しそうに笑うリリーの顔がまぶしい。

すごくすごく不満だけれど、今はとりあえずここでいいかと息を吐(は)く。

「リリー」

呼びかけると、嬉しそうに駆け寄ってきた。そのリリーを抱き留め、ぐるぐると回した。

「わーなんですかこれー子どもみたい！　ふふふ」

楽しそうな顔で無邪気にリリーが笑っている。こちらの下心にはまったく気が付いていないその無防備な笑顔に、愛しさと共に意地悪な心も芽生える。

「俺とは、もっとずっとずっと仲良くなろうな」

下ろすときに、そっと耳元でささやくように言うと、リリーは耳を押さえて、頬を赤くした。

ミカゲは満足して、もう一度リリーを抱きしめた。

あの後アンジェはスラート伯爵にお返しした。

もちろん、ミカゲが持っている証拠をちらつかせて両親とともに見張るように伝えた。これでもうリリーの前に顔を出す事はないだろう。

スラート伯爵は、盗賊と繋がっている証拠をミカゲが持っている事を知らなかったようで、大層不快な顔をしていた。それでも、逆らってはいけない事はわかっているのか、表面上の態度は恭しくしていたけれど。

ギルドにはまだ呪いが解けた事は言っていない。ただ、もうポーションが必要ない事だけは伝えた。今頃やきもきしているだろう。煮詰まったころに刺してやろうとミカゲは考えている。

リリーは、ミカゲの希望通り、ミカゲと住む家から店舗に通っている。

ファルシアは驚くべき速さで、店の護りを強化している。もしあの店を売りに出した場合は、付加価値がすごいだろう。

そして、リリーの店は来週開店となる。

ファルシアを通して、新しいポーションを売る店の噂は王城にも届いているようだ。早くも問い合わせが来ているとファルシアは笑っていた。きっと青くなっているだろう誰かも来るといい。

満を持しての開店だ。

どんな店になるのか、ミカゲもリリーも、とても楽しみにしている。

性能が高すぎるポーションに、大騒動になるのは割ともうすぐ。

# あとがき

はじめまして。未知香です。

この度は『大金を手にした捨てられ薬師が呪われたSランク冒険者に溺愛されるまで』をお手に取って頂き本当にありがとうございます。

表紙はたかはしツツジ様です。ミカゲの少し悪そうな感じやリリーの素朴で可愛い感じが出ていて、とても素敵なイラストとなっています。ありがとうございます！

薬師の話はとても好きなので、今回書けて楽しかったです。

リリーの新しいポーションは、色々な活用が出来そうで、私もわくわくしながら書きました。

ミカゲは少しすれてるけどリリーが初恋で、とてもじれじれした二人の恋愛進行となっています。

くっつきそうでなかなかくっつかない二人が大好きです。

皆様に届くといいな、と思いながら小説を書いているので、こうして本の形にして届けられ本当に嬉しいです。

書店が大好きで、色々な本を眺めているだけで楽しいのですが、その中に自分の本が並ぶと思うとかなり不思議です。

また、この作品は第８回カクヨムＷｅｂ小説コンテストで特別賞を受賞しました。

人生の中で受賞、という事が今まであったかどうか全く思い出せません。

それが、小説で特別賞！

大人になってからこんな嬉しい事があるんだなと、本当に手が震えました。

応援して頂いた読者様、選んで頂いたカクヨム様には、本当に感謝しかありません。

頂いた感想等は、本当に作者として嬉しく有り難いです。

もし何かあれば、一言でも感想を頂けると、とっても喜びます。

また皆様に楽しい物語をお届けできることを願っています。

本当にありがとうございました！

未知香

「大金を手にした捨てられ薬師が呪われたSランク冒険者に溺愛されるまで」の感想をお寄せください。

おたよりのあて先
〒102-8177　東京都千代田区富士見2-13-3
株式会社KADOKAWA　角川ビーンズ文庫編集部気付
「未知香」先生・「たかはしツツジ」先生
また、編集部へのご意見ご希望は、同じ住所で「ビーンズ文庫編集部」までお寄せください。

# 大金を手にした捨てられ薬師が呪われたSランク冒険者に溺愛されるまで

**未知香**

角川ビーンズ文庫　23880

令和5年11月1日　初版発行

発行者———山下直久
発　行———株式会社KADOKAWA
〒102-8177　東京都千代田区富士見2-13-3
電話 0570-002-301（ナビダイヤル）
印刷所———株式会社暁印刷
製本所———本間製本株式会社
装幀者———micro fish



●お問い合わせ
https://www.kadokawa.co.jp/（「お問い合わせ」へお進みください）
※内容によっては、お答えできない場合があります。
※サポートは日本国内のみとさせていただきます。
※Japanese text only

ISBN978-4-04-114413-8 C0193 定価はカバーに表示してあります。　◇◇◇

伯爵令嬢・リューディアは父が王女を暴行したという冤罪で一家没落の危機に。しかしそれを救ったのは、ワカメのような見た目の闇魔術師。意外とかわいい一面を発見したリューディアは彼に逆プロポーズするが——!?

婚約破棄までの
10日間
著／小鳩子鈴
イラスト／すずむし
婚約破棄が決まったふたり。
記憶喪失から始まる最後の10日間。
傲慢と悪名高い伯爵令嬢・エレナは、婚約者・オスカーに破談を告げられた直後、不慮の事故で記憶を失ってしまう。婚約者として過ごす最後の10日間、ふたりは初めて、お互いの内面を知り、向き合っていくが——。
・・◆好評発売中！◆・・

●角川ビーンズ文庫●

黒幕令嬢なんて
心外だわ！
素っ頓狂な親友令嬢も
初恋の君も
私の手のうち
初恋を叶えるために
一生懸命なだけなのに――
「黒幕」なんて失礼ね！
第7回
カクヨムWeb小説コンテスト
恋愛（ラブロマンス）部門
特別賞
受賞
著／野菜ばたけ イラスト／赤酢キヱシ
幼い頃の初恋を胸に、ある「夢」を追いかける公爵令嬢・シシリー。
でも王太子の婚約破棄騒動など次々と邪魔が入り……って
私が解決するしかない、だと!?
史上最高にピュアな黒幕令嬢の華麗なる暗躍！
好評発売中！
●角川ビーンズ文庫●